VLADARG
DELSAT

ГОЛОС ДЕМОНА

2024

Copyright © 2024 by **Vladarg Delsat**

All rights reserved.

No part of this publication may be reproduced, distributed, or transmitted in any form or by any means, including photocopying, recording, or other electronic or mechanical methods, without the prior written permission of the publisher, except as permitted by copyright law.

The story, all names, characters, and incidents portrayed in this production are fictitious. No identification with actual persons (living or deceased), places, buildings, and products is intended or should be inferred.

Book Cover by **StudioGradient**

Edited by **L.Pershakova**

ISBN: 978-3-8205-4477-0

Copyright © 2024 by **Vladarg Delsat/Владарг Дельсат**

Все права защищены.

Никакая часть этой публикации не может быть воспроизведена, распространена или передана в любой форме и любыми средствами, включая фотокопирование, запись или другие электронные или механические методы, без предварительного письменного разрешения издателя, за исключением случаев, предусмотренных законом об авторском праве.

Сюжет, все имена, персонажи и происшествия, изображенные в этой постановке, являются вымышленными. Идентификация с реальными людьми (живыми или умершими), местами, зданиями и продуктами не подразумевается и не должна подразумеваться.

Художник **StudioGradient**

Редактор **Любовь Першакова**

ISBN: 978-3-8205-4477-0

ПРОЛОГ

В этот день закончилась моя жизнь. Я даже не представляла себе, что подобное возможно, но этот день зачеркнул всю мою жизнь, разделив её на «до» и «больше ничего нет».

Мы были счастливой семьёй, я верила в это! Верила! Но, как оказалось, счастливы мы были только, пока не случилось... То, что случилось. В тот день я отчего-то капризничала, а утром всё не хотела вылезать из машины. Потом я много думала, что, останься я тогда с папой, может быть, всё было бы хорошо? Ну, или просто не было бы меня...

На уроках мне не сиделось — что-то беспокоило, отчего Вера Степановна даже замечание написала мне в дневник. Но я так хотела домой, к папе, что даже не особенно обратила внимание на произошедшее. День пролетел совершенно незаметно, я почти не помню, что было в школе. Сейчас мне кажется, была только серая муть, заполонившая затем мою жизнь. Только серая муть бессмысленной жизни десятилетней девочки.

— Доченька... — дома меня встретила заплаканная мама, и я поняла: пришла беда. — Нашего папы больше нет.

Эти слова, будто камни, падали на лоснящийся лаком паркет. Будто молот вбивал меня в тот пол. Я пыталась осознать услышанное, наверное, час. Но когда до меня дошло, что папы больше никогда не будет... Никогда меня не обнимут его руки, никогда он не погладит, не прижмёт к себе, не скажет, что я его принцесса... Вот когда это до меня дошло — я закричала.

Я кричала, когда мама пыталась меня успокоить, кричала, когда она ударила меня, кричала, когда меня куда-то везли, и даже в психушке я кричала... Мне кажется, я буду кричать всю мою оставшуюся жизнь. Я и сейчас кричу, кричу где-то в глубине себя. Но меня успокоили... Чем-то укололи, кажется, потом сильно напугали, но мне уже было всё равно. Разве можно жить без папы? Разве хоть где-то возможна жизнь, если его нет?

Я погасла и исчезла, потому что больше ничего для меня не имело значения. Я жила только своей памятью, своими воспоминаниями и единственной фотографией папы. Почему-то все папины снимки куда-то делись, кроме того, единственного, с которым я не расставалась.

Он был моим чудом, моим сокровищем, самой моей жизнью...

Отчего умер папа, я так и не поняла, но эта весть уничтожила десятилетнюю Алёнку, оставив только Лену. Затем... потянулись безликие дни. Мама работала, я ходила в школу... Точнее, моё тело ходило в школу, день за днём. Я почти не понимала, что происходит вокруг, меня невозможно было задеть, хотя, конечно, пытались... Жвачку в волосы, которые я не позволила остричь, потому что папа любил мои косы... Стул чем-то полить... Юбку задрать... Иногда даже пытались ударить, но били они моё тело, а не меня. Меня в нём уже не было, как будто я просто проживала дни, находясь уже не в теле.

Потом мама принялась искать замену папе, а я... Я узнала, что вовсе уже не любимая доченька, не чудо, не солнышко, а... «прицеп». Даже не человек, а мешающий обрести счастье «прицеп». Мама начала чаще меня бить, обзывать по-всякому и желать, чтобы меня не было. Она так и говорила, что мечтает об этом...

— Тварь малолетняя! — мама разозлилась на меня за то, что я не вовремя вышла из комнаты. — Чтоб ты сдохла!

— Хорошо, — ответила я, возвращаясь обратно.

Я и не поняла, отчего она так разозлилась. Она была с каким-то дядей, он задрал ей юбку, как мне в школе, и, по-моему, трогал её за стыдное. Но я же только воды пошла попить, за что меня так? Мама была против того, чтобы я возвращалась в комнату, ей хотелось увидеть, как я плачу, поэтому она взяла толстый ремень и... Я не помню, что дальше было.

После того дня я поняла, что мама меня совсем не любит и очень хочет, чтобы я умерла. Я и сама хотела умереть, поэтому была солидарна с мамой. Мне даже показалось, что я стала ближе к папе[1], когда мама меня била... Поэтому я решила, что нужно, чтобы это было почаще, тогда однажды я смогу уйти к папе, и мама будет довольна. Маме, кажется, тоже очень понравилось меня бить, она даже завела для этого специальную палку, от которой я даже иногда видела папочку.

Правда потом сидеть больно было, но я была согласна потерпеть, ведь это же ради папы, чтобы его поскорей увидеть! Я никому не рассказывала о том, что дома происходит, но Светка однажды увидела полосы от палочки и растрепала всем в классе. И вот тогда я узнала, что у меня очень отзывчивые одноклассницы! Они очень сильно захотели помочь и маме, и мне, принявшись помогать каждый день. Я была им за это благодарна.

Мама приводила дяденек домой, а одному даже разрешила меня побить. У него получилось намного лучше, чем у мамы, у меня даже кровь пошла, и я долго-долго папу видела, даже смогла его обнять. Правда, это оказалось неправильным, потому что на мой крик приехали полицейские, после чего мама куда-то пропала, а я оказалась в больнице.

В больнице мне объяснили, что я была очень плохой девочкой, которой нельзя к папе, поэтому я к нему не попаду, а если попробую, то очень сильно пожалею. Они даже показали мне, как сильно я пожалею, но я почему-то папу при этом не увидела. Тогда я очень сильно испугалась, решив никому больше не говорить, что хочу к папе, потому что взрослые очень хотят мне сделать плохо, просто очень.

Я смирилась с тем, что я — плохая девочка и папу не заслужила. Ну, для вида смирилась, конечно, потому что девочки в школе всё ещё помогали мне — пинали, толкали, а одна хорошая девочка спихнула меня с лестницы, отчего я сильно ударилась и, кажется, целый день с папой была, а потом оказалось, что я опять нехорошая и сама с лестницы упала. Но я, конечно, промолчала, чтобы ту хорошую девочку не ругали.

Потом меня забрали из дома и поместили туда, где никому не нужные дети живут. Там все оказались такие хорошие и очень добрые! Они очень хотели мне помочь поскорее оказаться у папочки, очень даже старались и взрослые, и дети, отчего мне вскоре стало трудно ходить — сильно ноги болели, но к папе попасть получалось пока лишь ненадолго. Но я не отчаивалась, ведь мне действительно помочь хотели же?

Так проходили дни, они складывались в серые недели и почти чёрные месяцы. Почему-то мне всё чаще хотелось плакать, я даже начала терять веру в то, что однажды снова увижу папочку. Но мои новые подружки, хоть и сердились, обзывая меня всякими плохими словами, всё равно не сдавались, а очень сильно помогали мне. И я была им за это благодарна.

В том месте, где я живу, сегодня мне почему-то совсем не хотят помогать к папочке отправиться, может, устали просто. Даже самая добрая тётенька, которой нравится меня за волосы хватать, тоже сегодня какая-то равнодушная, отчего настроение у меня плаксивое. Я долго гляжу папину фотографию, только затем прячу её на груди. Может быть, в школе помогут? Ну, сильнее с лестницы столкнут или ещё что-то сделают?

Нужно брать сумку и идти в школу. Сегодня и я себя как-то странно чувствую, но не обращаю, конечно, на это внимания, ведь я умерла в тот самый день, когда ушёл папочка, а сейчас только моё тело движется, оно нужно для того, чтобы в него есть, пить и чувствовать боль. А больше я ни для чего не нужна, потому что меня нет.

Я иду в школу пешком, хотя можно на автобусе, но неинтересно. В автобусе пихаются, но к папе совсем не хотят помочь отправиться, поэтому я лучше пойду пешком и по самому краешку тротуара. Однажды я шла по дороге, но мне пообещали, что я пожалею, как в больнице, поэтому я больше не рискую — они действительно могут сделать так, чтобы я к папе не попала.

Вот поэтому я иду по краю тротуара, надеясь на то, что какой-нибудь дяденька в пролетающей мимо машине увидит меня и пожалеет. Но никто не жалеет, потому что я «прицеп», а не девочка. Наверное, «прицепов» не жалеют, поэтому остаётся надежда только на мальчиков и девочек в школе, которые в последнее время стали очень сильно стараться, но почему-то у меня не выходит остаться у папы. Наверное, я действительно очень плохая девочка, и иметь папу мне не положено. Но я всё равно надеюсь.

Вот я дохожу до школы, и какой-то мальчишка меня сразу же дёргает за косу, но как-то без особой охоты, может быть, этот мальчик тоже устал? А, нет! Вон завуч стоит и всё видит, поэтому мальчик не хочет, чтобы ему влетело из-за такой плохой девочки. Почему-то завуч не слушает, когда я прошу не наказывать помогающих мне девочек, но они, даже несмотря на то, что их ругают, всё равно стараются мне помочь. Однажды даже шваброй тыкали, но почему-то опять не получилось, только кровь была. Это совсем недавно было, может быть, даже вчера, я не помню.

Мне почему-то всё труднее всё запоминать становится, как будто голова тоже уже хочет к папе, а не здесь оставаться. А может, это потому, что меня часто о стену и о парту бьют. Ну, они правильно же бьют, помогают мне, я за это очень благодарна девочкам. Правда, они удивляются, когда я спасибо говорю, но я всё равно говорю.

— Плакса пришла! Плакса хочет... — ну, это слово плохое, я его повторять не буду...

Так приятно, когда друзья мне радуются! Значит, сегодня они будут опять мне помогать... Интересно, а как? С лестницы столкнут или что-то новое придумают? Я подхожу к своему месту и вижу — обо мне не забыли, на стуле кнопки разложены, чтобы они впивались. Это давно уже не работает, то есть я папу не вижу, но всё равно приятно — девочки же старались!

Я сажусь на кнопки, ой... Теперь нужно поплакать, пусть даже это и не работает, но девочкам будет приятно. Поэтому я вспоминаю папу — его руки, его голос, его ласку — и через минуту уже горько плачу, а Светка, это моя самая лучшая подруга, улыбается радостно. Вот и хорошо.

Светка — она мне ещё почти с самого начала принялась помогать. Ну, сначала пыталась трусики стянуть, одежду на физре спрятать, но потом увидела, что мне всё равно, и поняла, как правильно надо мне помогать. Она такая хорошая, никогда не устаёт! И шваброй тыкать она придумала, и ещё что-нибудь интересное придумает. Я просто жду не дождусь!

Входит учительница. Она только кричать любит, а ещё любит мешать Светке делать так, чтобы я с папой хоть ненадолго встретилась. Поэтому я эту училку не люблю. Вот и сегодня она что-то рассказывает, а я старательно не слушаю, вот совсем! Я знаю, что она напишет в дневник, а потом там, где я живу, мне сделают так, что я папочку хоть ненадолго увижу. Ой, значит, и она мне помогает? Надо будет об этом подумать...

Звонок звенит на перемену, надо успеть в туалет сходить, а то будет авария, у меня иногда в последнее время бывает. Ну, после того, как я на спину упала, когда с лестницы катилась. Это ещё в позапрошлый раз было, потому что в прошлый я некоторое время ходить не могла — ноги не шевелились, поэтому домой я ползла почти, но потом оказалось, что мне опять не дали к папе уйти — нашли в луже и позвали страшных докторов. Они очень страшные, я их боюсь.

Я только успеваю свои дела сделать и хочу уже выйти, когда как будто встречаюсь со стеной — и в следующий момент уже обнимаю папу. Неужели у девочек получилось? Вот здорово! Я могу остаться с папой?

— Пока ещё не время, — грустно отвечает папочка. — Иди, моя маленькая... Сколько тебе ещё пережить придётся...

Я плачу, но иду, потому что так сказал папочка. Он был удивлён, кстати, когда я ему о «прицепе» рассказывала. А ещё папа сказал, что мама — очень нехорошее слово, и если бы он не был сиротой, то меня бы забрали его родители... Но у папочки никого нет, а мамины дедушка с бабушкой, наверное, порадовались, что меня нет. На самом деле, это неважно, они меня всё равно всегда «отродьем» называли, так что так даже лучше.

Открыв глаза, я понимаю, что лежу в туалете и надо идти в класс. Я поднимаюсь на ноги, только голова немного кружится, и иду. Оказывается, что я опоздала на урок, но учительница говорит «Что с тебя возьмёшь» и пускает в класс. Теперь нужно отсидеть ещё этот урок, а потом нужно будет идти или в туалет, или за школу, чтобы девочек никто не увидел, когда они мне будут помогать к папе уйти.

Решив, что лучше начать с туалета, чтобы потом аварии не было, я захожу туда, но ничего сделать не успеваю, потому что вижу двух мальчиков, которые дуют в белые палочки, от которых много дыма. Один мальчик бьёт меня по лицу так, что даже звёздочки вспыхивают перед глазами, а второй хватает за волосы и макает меня в унитаз головой — ну, туда, где чьи-то какашки. Я чувствую, как меня щипают, потом бьют, всё кажется вокруг нереальным, я уже даже вижу папочку.

— Глядите, какая фоточка! — слышу я Светкин голос.

С трудом сфокусировав взгляд, я чувствую, что моё сердце сейчас остановится — в руках моей подруги папина фотография. Увидев, что я смотрю, она берёт её двумя руками... Я понимаю, что сейчас случится, и даже хочу кинуться, забрать, но почему-то не могу даже двинуться с места. А Светка медленно рвёт единственную папину фотографию, как будто разрывает пополам моё сердце.

Передо мной появляется улыбающийся папа, он раскрывает объятия, и я бегу, бегу, бегу к нему! Папа! Папочка! Я уже бегу, папочка!

— Что здесь про... — словно сквозь вату слышу я голос завуча, но это уже неважно, меня обнимают такие родные руки! Папа, папочка...

ГЛАВА ПЕРВАЯ

— Элька! Элька! — слышу я мамин голос, заканчивая натягивать на себя школьную форму. — Завтрак!

— Иду-у-у! — отвечаю ей, ускорившись.

Зовут меня Элеонора, но имя это длинное, потому просто Элька. Учусь я в школе, в последнем классе, скоро распределение у нас по специальностям. У кого Университет, у кого заводской цикл, а я очень в полицию хочу, по оценкам и статусу вроде бы прохожу. Мы — достаточно богатая семья — целых трое детей. Кстати, Диану и Маришу тоже поторопить надо, опоздают если, от училки так огребут, что неделю садиться осторожно будут.

Класс у меня последний, и со мной связываться опасаются, потому что бью я больно и без особых разговоров. Кстати, надо Светке из параллельного моську полирнуть, а то давно её не била, ещё отвыкнет, крыса болотная. Вот кому прямая дорога на завод — по развитию вообще в шаге от отбраковки застыла. Как только генконтроль с такой харей прошла?

Я сажусь за стол, поздоровавшись с мамой. Семья у нас полная, здоровая, так что вопросов к нам не бывает. Мама у меня героическая — всё-таки целых три раза допущена была в Департамент Оплодотворения! Правда, что там происходит, она никогда не упоминает. В детстве я её доставала вопросами, но потом запомнила, что, если хочу комфортно сидеть, то любопытство своё надо прикрутить.

Я и прикрутила, потому что боли совсем не люблю. Говорят, некоторых наказывают настолько часто, что это начинает нравиться. Как такое может понравиться? Не моё дело, да и врут, поди. На завтрак сырники, я приглядываю за младшими, чтобы ничем форму не закапали, а то... В общем, лучше без этого. Пусть привыкают к аккуратности, если подзатыльника не хотят. Они не хотят, по глазам вижу.

У меня длинные волосы — до пояса, как показатель статуса и положения семьи в обществе, но у младших — едва-едва до плеч, чтобы не мешали, да и маленькие они у меня ещё — третий класс всего. Их сейчас в школе не трогают, знают меня и боятся. Все боятся — от первого до последнего класса, именно потому, что умею и бить, и пакость какую могу сотворить так, что на меня и не подумают. Поэтому моих младших стараются не трогать, чтобы не накликать неприятности.

На дворе нынче четвёртое марта двести тридцатого года после Освобождения. Первым уроком у меня история, и если не хочу визжать за недостаточное прилежание, стоит вспомнить, о чём сегодня будут спрашивать. Историчка — злюка, обожает свой предмет, к тому же любит наказывать, отчего её боятся в школе абсолютно все. Говорят, в Университете и Академиях разных наказывают совсем иначе, но верится мне с трудом.

Итак, история... Время до Освобождения мы уже прошли. Легендарное время, в частности, потому, что остались только легенды. В то время люди были порабощены демонами, любившими издеваться, бить по лицу, заставлять страдать и оплодотворять даже в публичном месте. Некоторые картинки очень страшные — голая человек, которую бьёт страшный демон. В то время людей называли «женщина», что значит «рабыня», а демоны назывались «мужчины», что значит на древнем языке «наизнанку». Если человека вывернуть наизнанку, то получится демон, потому что у них половой орган торчит вперёд, а не прикрыт губами, как у всех нормальных людей.

Значит, демоны издевались над людьми, но затем боги послали нам Освобождение, отчего все демоны передохли. Буквально за десяток лет издохли все и больше не рождались, что логично — с чего бы они родились, если уже передохли, правильно? Дети получаются работой оплодотворителя... Вроде бы всё к сегодняшнему уроку. Главное, пафоса побольше, а то будет много слёз.

— Младшие, а ну подъём! — отвлекаю я их от медленного поглощения завтрака. — В школу опоздаете!

В глазах не страх — ужас. В школу никому не хочется, потому что боли никто не любит, но ещё сто лет назад было доказано, что такой метод обучения идеален: ведёт к осознанию и прилежанию, и с тех пор детей стимулируют к изучению наук только болью. Найти бы ту, кто это придумал, и бить, пока дышит, гадину... Ладно, это мечты, потому что не в наших силах что-то изменить.

Протянув руку младшим, выхожу на порог коттеджа. Передо мной расстилается наш посёлок, полный разных домов — от маленьких, до крупных, каменная дорога ведёт вниз, к школе, пролегая меж рыжеватых полей, засеянных не знаю чем. Основной посёлок, конечно, внизу, а на холмах живут только такие, как мы, будто надзирая сверху. Равнодушные горы слева и справа блестят льдом, небо синеет, но, несмотря на день, в нём виднеется Луна, а рядом с ней — Луна-2. Названия эти пошли с незапамятных времён, и почему планеты называются именно так, история для нас не сохранила. Ну или я просто ленивая.

Уже двинувшись в сторону школы, поглядывая на узкий серп Луны-2, я чувствую желание прикрыть юбку рукой сзади. Забыла совсем! Сегодня же опрос по типам древних демонов! Как приду, надо будет быстро повторить, а то буду рыдать на весь класс. А оно мне надо — потом бить каждую вторую, чтобы знали своё место? Я не очень люблю драться, но у нас иначе нельзя — чуть вожжи отпустишь, сразу берега теряют. И в унитазе притопить могут. Так что надо быть внимательной.

Пока иду, припоминаю... Значит, свободные одеяния зелёные, голубые или белые — это потрошители, которые известны были тем, что вскрывали живого человека и извлекали кишки. Бр-р-р! Как представлю, что лежу привязанной и вижу... А были ещё душители, они обнимали за шею — и всё: медленная мучительная смерть... Нет, вроде бы что-то помню, а что не вспомню — придумаю.

Пока пугалась и вспоминала, как раз дошла. Школа — это большое полукруглое здание в три этажа. По левую руку учатся младшие, по правую — старшие, а в центре — комнаты для наказаний, если, значит, не сразу в классе прилетело. Впрочем, ладно, лучше о таком не думать, а то ещё накликаю.

— Диана! Мариша! — отвлекаю я младших от созерцания необычайно огромного диска Луны. Интересно, отчего она ещё не убралась, утро же уже? — Быстро в класс!

— Да, сестрёнка, — слышу в ответ синхронный писк моих любимых сестрёнок.

Они убегают, сверкая пятками, а я тихо желаю им не

нарваться сегодня. Они у меня очень хорошие, и наказывать моих младших не за что, но находятся, конечно, желающие. В последнее время училки как озверели, совсем не испытывают сострадания, как демоны какие-то. Ничего, закончу я школу, и тогда посмотрим...

Смотрю я на Светку и понимаю, что бить её не буду, просто не смогу. Она не то что бледная — она выглядит белее стен и смотрит на меня обречённо. Только что, выдернув её из толпы, я собиралась наподдать ей хорошенько, но понимаю: просто не могу. Что с ней? Что произошло? Отчего она так выглядит? Пообещали наказание перед всей школой?

— Света, — мягко произношу я, медленно подходя к ней, что её явно удивляет. — Что случилось?

— Мама... — шепчет Светка, я же просто обнимаю её, потому что я — не демон.

И тут она начинает плакать. Громко, отчаянно плакать в моих руках, а я уже совсем ничего не понимаю. Света — лидер своего класса, она несгибаема... Что же случилось-то? И тут ревущая в три ручья в моих руках школьница выдавливает из себя только одно слово. Слово, означающее крушение всего мира. Кто отправил её после этого в школу, что за жестокость?

Я прижимаю Светку к себе, а сама поворачиваюсь к её

одноклассникам. Видит Лунь, как я хочу кому-нибудь расквасить физиономию!

— Вы знали? — в моём голосе ярость. — Вы знали и молчали? Или улыбались?

— Элька, ты что! — возмущается кто-то из них. — Мы же не демоны!

— Короче, придут социалы, пусть к нам идут, — отрезаю я. — Сумка её где?

Младшие уже убежали домой, туда же я веду Светку. Она плачет, что-то бессвязно лепечет, но я не слушаю. Я напряжённо думаю, как уговорить маму. Светка потеряла маму, она совсем одна осталась, и я не хочу её бросать на чужих! Да, я её била восемь лет, но я человек, а не демон, и не оставлю её сейчас! Мы делили зоны влияния, разделяли классы, даже интересы, но это были детские игры, а сейчас у неё настоящая беда. Её мир в одночасье рухнул, ведь сестёр у неё нет, она совсем одна.

— Элька! Элька! Что случилось? — Диана первая увидела, глазастенькая моя.

— Это Света, — объясняю я. — Она совсем одна.

Диана, хоть и маленькая, всё сразу понимает. Её глаза наполняются слезами, и моя младшая вдруг обнимает Светку, отчего та просто застывает на месте, будто не понимает происходящего. В это время, видимо, увидев, что делает Дианка, выбегает Маришка и повторяет жест сестры, отчего Светка даже плакать уже не может. Она ошарашенно переводит взгляд с меня на младших и обратно, открывая и закрывая рот.

— Ты будешь нашей сестрёнкой, — информирует её Дианка, отчего слёзоразлив возобновляется с новой силой.

Всё правильно делает моя младшая. Она мне доверяет, во-первых, а во-вторых, и сама всё понимает. А Светка просто дрожит от всего перенесённого. Надо её в кровать уложить. Пока, наверное, в мою, хоть я этого и не люблю. Она-то, конечно, одна не останется, но чужие люди — это чужие люди, а я её хоть била, значит, почти родная. Ну, по-моему.

Завожу Светку в дом, помогаю раздеться, а потом просто укладываю в постель. Она так потерянно оглядывается, а потом просто вцепляется в меня обеими руками, силясь что-то сказать. Она держится за меня, как утопающий за спасательный дрон, и только впустую открывает рот.

— Элька, — наконец выдавливает Светка. — Почему?

— Потому что мы — не демоны, — привычно отвечаю ей. — А ты мне вообще как родная. Помнишь, по истории изучали древние поговорки о проявлениях любви[1]?

— П-помню, — кивает она, а потом ложится щекой мне на ладонь и засыпает.

Именно так нас и находит мама, которой младшие, разумеется, всё рассказали. Она входит в комнату очень тихо, хотя я, конечно, её замечаю, и просто смотрит.

Мама смотрит на то, как я глажу спящую Светку, и так же молча кивает. Она у нас самая-самая лучшая, я знаю это!

Спустя полчаса или около того в комнату входят социальные работницы вместе с мамой, конечно. Я сразу же ложусь поверх Светки, защищая её, поэтому голоса младших для меня звучат большим сюрпризом. Кажется, они стоят перед моей кроватью.

— Не трогайте сестрёнку! Она наша! — хором произносят мои младшие, против воли заставляя меня улыбнуться. Защитницы мои!

— Никто не тронет вашу... сестрёнку, — запнувшись, произносит социальщица. — Мы не возражаем, слишком уж тяжёлой выдалась неделя для неё.

С этими словами они уходят, а мама, проводив их, возвращается и садится на кровать рядом со мной. Она смотрит на Светку и улыбается. Всё правильно, ведь мы же люди, а не демоны. Мы — люди! И мама это тоже очень хорошо понимает. Она так ласково гладит Светку, что та даже через сон начинает едва заметно улыбаться.

— Дети обычно внучками обеспечивают, — замечает мама. — А вы мне доченьку принесли.

И тут Светка открывает глаза, с недоверием глядя на маму, а та её просто обнимает и прижимает к себе. Я же понимаю, что произошло. У Светкиной мамы обнаружилась страшная болезнь. Она умирала неделю в жутких мучениях, а Светка была рядом. Неделю мама умирала у неё на глазах! А Светка ходила в школу в постоянном страхе, что вернётся домой, а там — всё... Я бы с ума сошла, честно!

Ну а затем наша общая теперь мама начинает разбираться с кроватью для Светки, с одеждой и другими нужными предметами, ведь она такая же, как я, по возрасту, и ей много чего нужно. Я как-то спокойно воспринимаю Светку рядом, а она выглядит, как потерянный котёнок. Я не думаю, что она нас приняла сразу, но это лучше, чем совсем чужие.

— Света, — мягко произносит мама за ужином, — мы тебя перевели в тот же класс, где учится Элька, так тебе будет проще.

— Но... — она, видимо, хочет объяснить, что у неё в своём классе положение, хотя я знаю, что поддерживать это положение Светка не сможет.

— Я сестру бить точно не буду, — сообщаю ей на ухо.

— Но почему?! Почему вы меня так приняли? — выкрикивает она, только для того чтобы услышать привычный ответ.

Мы действительно не демоны, не звери, не страшные монстры, получавшие удовольствие от крика человека. Мы, в первую очередь, люди. Обычные люди, правда, сейчас наш статус ещё больше поднялся, потому что — четверо детей. Правда, материальную разницу в статусе мы не почувствуем, она на Светку пойдёт, ей же много чего надо. И все это отлично понимают. А в моём классе ей действительно лучше будет, потому что открывший пасть на мою сестру потеряет все зубы. Или я не Элька!

Я живу в счастливой семье. У меня есть самый главный человек в жизни — мама, и три сестрёнки. Две младшие и ещё одна — моего возраста. И теперь так будет всегда, потому что мы — люди. А не демоны.

ГЛАВА ВТОРАЯ

Светка обживается, но она пока просто ошарашена — такого в её жизни не было никогда, а у нас иногда шумно, иногда весело, а сейчас она просто в центре внимания. Младшие у меня очень чувствительные, поэтому Светку обнимают чуть ли не постоянно, я бы на её месте уже думала, куда спрятаться, а она держится, только улыбается иногда очень жалобно. Но грустить мы ей не даём, поэтому она постепенно оттаивает.

— Свет, пошли историю писать? — предлагаю я, потому что мимо опроса по классификации я как-то проскользила, но постоянно везти не может.

— Классификацию? — спрашивает она, скорчив гримасу. — Пошли, куда деваться...

— Историчка злая в последнее время, как демон, —

комментирую я, на что Светка только тяжело вздыхает, потерев зад.

Поражаюсь я жестокости отдельных училок. Под Светкиным бельём выделяются рельефные полосы — значит, кто-то отметился, даже не обратив внимания на состояние ученицы. Вот как так можно? Озверели совсем взрослые в последнее время, просто озверели, да и напряжение какое-то чувствуется в воздухе. Может быть, потому что конец года? Но раньше вроде так не зверели. Что же случилось?

Усевшись за стол, мы одновременно открываем тетради, чтобы, включив лазерное перо, начать заполнять графы классификации. Вот что интересно, меня в школе давно уже не наказывали, недели три, наверное, а на Светке, судя по тому, что я вижу, просто злость срывали, потому что очень уж неприятно выглядит то, что я вижу. Но взрослые нас не послушают, поэтому дождусь маму с работы.

Интересно ещё и то, что дома ни меня, ни младших так никогда не наказывали, а мы послушные несмотря ни на что... А вот в школе — как будто желают что-то себе доказать. Хотя логичнее было бы лупить дома, но, насколько я знаю, дома почти никого из знакомых не лупят. Мама как-то сказала, что ей наши слёзы не нужны, ей нужно наше понимание. И многие взрослые со своими детьми так, поэтому школа так и пугает, иногда до дрожи. И тут не обнажение играет роль, потому что мы под юбкой все более-менее одинаковые, а сам факт того, что чужой человек делает больно.

Ладно, долго думать об этом смысла нет, по-моему, нужно делать уроки, а то буду выглядеть, как Светка, а мне это совсем не надо. Это, честно говоря, никому не надо, поэтому я тяжело вздыхаю и занимаюсь делом. Кроме истории ещё математика — ну, это легко, и языки — кому они, интересно, нужны? Вот математику я люблю: интегральные уравнения, пространства Римана, многообразия... А от звучания слова «думать» на разных языках очень болит место сидения. Бр-р-р, аж передёрнуло.

— Ой... — Светка всхлипывает, увидев задание по математике. Понятно всё.

— Не плачем, — я обнимаю её, прижимаю к себе и говорю дальше негромко: — Сестрёнка поможет, да?

— Да... — шепчет она в ответ.

Какая-то Светка неухоженная, что ли, как будто у её мамы не было на неё времени, но это неправильно и очень плохо. Зато теперь у неё есть мы. Ещё она к ласке очень тянется, даже сильнее, чем младшие после школы, что не очень обычно на самом деле. Но мне не жалко, поэтому я её глажу, успокаиваю и помогаю с заданиями.

Затем приходит мама. Дождавшись, пока она переоденется и немного передохнёт, я подхожу к самому близкому взрослому. Мама понимает, что я не просто так поговорить хочу, поэтому откладывает новости, ставя визор на паузу, и поворачивается ко мне. Не у многих, кстати, родители готовы отложить все дела ради детей, поэтому нам и тут повезло.

— Что случилось? — интересуется мама, поняв, что дело касается Светки.

— Мама, Свету сильно наказали, — объясняю я свою позицию. — Совсем недавно. Как так можно-то?

— Вот как... — задумчиво произносит наша мамочка. — Я разберусь. Позови-ка её ко мне...

— Света, иди к маме, — прошу я сестрёнку, но увидев, что плечи у неё сразу поникли, обнимаю её. — Ты что! Никто тебя ругать не будет! Не за что же!

— Ну... — она отводит взгляд, но положение её рук говорит само за себя.

Получается, её и дома наказывали. Но это же... непредставимо для меня. Наш дом — это наша крепость, самое надёжное убежище. Да и за что её наказывать? Впрочем, я всё понимаю, потому, обняв сестру, я отвожу Светку к маме. У нашей единственной взрослой в руках тюбик. Хорошо знакомый, кстати.

Мама укладывает Светку к себе на колени, отчего сестрёнка начинает плакать, но я обнимаю её и уговариваю чуть-чуть потерпеть, потому что мазь щиплется. Сестрёнка, наверное, думает, что я жестокая, но не ощутив привычного, плакать перестаёт. Она замирает, поднимает голову, глядя мне в глаза и потихоньку расслабляется, ощущая мягкие мамины руки.

— У нас дома не наказывают, — объясняю ей. — Мама сейчас попу смажет, чтобы не болело, понимаешь?

— Как... А урок? А... — Светка, похоже, лишается дара речи, а я думаю о жестокости взрослых. Хуже демонов, по-моему.

Сестрёнка весь вечер в себя прийти не может, потому что просто этого не ожидала, но мама её обнимает, гладит и объясняет, почему считает битьё попы плохой идеей. Младшие ложатся спать раньше нас, потому что уже сделали все уроки, но и они удивлены тем, что где-то есть мамы, которые могут сделать больно ребёнку просто так. В их понимании нет таких причин, за что дома может влететь, ну а подзатыльник — обычное дело.

Каждый день мы все удивляем Светку, отчего она постепенно всё больше становится нашей. Ну, членом семьи, в смысле. Это, по-моему, правильно, когда сестрёнка становится всё больше сестрёнкой, оттаивая. Теперь она не только пугается и улыбается, а уже может младших поправить, если замечает что. Хотя только словами это делает, потому что совсем не хочет драться.

— А чего ты тогда в лидеры полезла? — интересуюсь я.

— Сначала просто сдачи давала, — объясняет мне Светка. — А потом увидела, что, если не бить самой и первой, бить будут меня, а я не хочу...

Тут она права, среднее положение не займёшь — или ты, или тебя. Правда, можно просто держаться в стороне, но это часто означает изоляцию, а её никто не любит. Поэтому я Светку понимаю, раз начала бить в ответ, остановиться просто не дадут, дети — они часто злые очень, только боли и боятся. Но для моей новой сестры всё плохое закончилось, потому что в нашем классе Эльку, то есть меня, боятся. Знают, если что — не помилую.

Слухи какие-то странные циркулируют по школе. Чуть ли не нашествие демонов, кто-то пропал, кто-то неожиданно умер, в общем, странное что-то. Совершенно необыкновенное что-то — в плохом смысле этого слова. Та же историчка выглядит злее обычного раз в пять, отчего хочется по-маленькому просто от страха.

— Перечислите основные категории демонов, — она так зла, что не говорит, а почти шипит. Интересно, почему?

— Вывернутые, рогатые, волосатые, — стараясь не дрожать от иррационального страха, тщательно контролируя свой голос, отвечаю я.

— С-с-сидеть! — приказывает эта мымра. — Ты! Почему демонов называют «вывернутыми»?

Аля отвечает про разницу строения, при этом её голос дрожит, а глаза полны слёз. Мне не трудно представить, что сейчас произойдёт, но историчка не вызывает её к столу, а только очень зло смотрит, сжимая кулаки. Это странно, за неуверенность ответа она обычно наказывает, а тут только злится. Что произошло?

После уроков мы делимся впечатлениями сначала в классе, а потом и между параллелями. Все настолько напуганы учителями, что никто не дерётся. Не до подтверждения социального уровня сейчас. Учительницы стали злее раз в пять, пугают до икоты, но никого не наказывают, просто совсем никого, насколько мне удаётся выяснить. Им запретили доставлять ученицам боль, и они решили компенсировать страхом?

Младшие с визгом кидаются ко мне и Светке. Они напуганы даже больше нас, отчего просто ревут у нас на руках. Диана повисает на мне, а Маришка — на Светке. Переглянувшись, мы на руках несём их домой, а малышки просто ревут в три ручья. Что происходит при этом, совершенно непонятно, но мне впервые за много лет просто страшно идти в школу.

Дома осматриваю обеих младших. Их точно не наказывали, но трусики мокрые, значит, просто очень сильно напугали моих маленьких. Осознавая это, чувствую желание передушить училок, но понимаю, что ничего не сделаю. Малышки всё не успокаиваются, поэтому мы со Светкой переодеваем их, поим тёплым какао со сладкими палочками, обнимаем и много гладим. Как раз к приходу мамы чуть успокаиваются.

— Что произошло в школе? — строго спрашивает мама, видя, как мы вдвоём успокаиваем младших.

— Училки озверели, — объясняю я. — Никого сегодня не наказали, но напугали так... И нас напугали, и младших. Я не понимаю, что происходят, но от такого страха они же и заболеть могут?

— Так! — негромко, но зло произносит мама. — Света, с Дианой и Маришей справишься?

— Справлюсь, мама, — кивает сестра, но логичный вопрос не задаёт.

— Элька, за мной! — приказывает мама, двигаясь к выходу.

Я буквально впрыгиваю в юбку, натягиваю и пиджак, понимая — мы идём в школу. Мамочка очень не любит, когда нас обижают, поэтому кому-то сейчас будет грустно. Ну, они сами виноваты, зачем нас так сегодня пугали? Лучше бы били, это хоть как-то знакомо, хоть и больно, но не так страшно, а тут...

— Пока идём, рассказывай подробно, — приказывает мамочка. — Как можно подробнее.

— Да, мамочка, — киваю я, шагая рядом. — Сегодня все училки очень злые. Историчка, казалось, хотела вообще убить, мы все как представили... Но никого не наказывали, у младших то же самое.

— При этом все были злые и сильно пугали? — интересуется мама.

— Да, мамочка, — подтверждаю я, вздыхая. — Младших даже переодевать пришлось.

— Вот как... — судя по маминому голосу, учителей сейчас самих накажут.

Стоит нам подойти к школе, и я вижу — мы не одни. Тут, наверное, все мамы собрались, особенно детей младших классов, так их много. Кто-то возмущён, кто-то задумчив, а кто-то, как наша мама — в ярости. Мама подходит к ним поближе, а мне боязно немного, но не оставлять же её одну. И я ловлю краем уха разные разговоры.

— Говорят, дальняя станция возмущения засекла...

— Энергия... Повсюду энергия...

— Вот придурки! Думают, что...

— Уважаемые матери! — на пороге появляется директор школы, немного даже испуганная. — Оставьте детей и пойдёмте со мной...

— Так, иди домой, — распоряжается мама. — Я вернусь и всё расскажу, хорошо?

— Хорошо, мамочка, — киваю я, направляясь домой.

Как ни странно, младшие дом не разнесли. Интересно, что такое происходит, что директриса испугалась? Может, боится того, что мамы вполне способны ей самой выдать по первое число? Не знаю, но у меня какое-то странное предчувствие. Очень странное, правда... Но я надеюсь, что всё будет хорошо. Вот вернётся мама и расскажет, что всё хорошо и пугаться не надо. Должно же быть простое объяснение!

— Что там? — интересуется Светка, увидев, что я вернулась одна.

— Большая толпа, — хмыкаю в ответ. — Директриса вывалилась, посмотрим, что расскажет. Мама нас проинформирует, наверное.

— В той части, что нас касается, — цитирует сестрёнка, и мы не очень весело смеёмся.

— Давай младших покормим? — предлагаю я, на что Светка кивает.

Надо ли завтра в школу, нет ли — неизвестно, а младшим нужно выспаться. Им и так трудно будет заснуть после сегодняшнего. Даже и не знаю, может, их с нами положить? Ну, чтобы ночью не бегать, кошмары же наверняка будут, как у Светки в первые дни. Решаю, что посмотрю, как они себя за ужином поведут, и подумаю. А пока я разогреваю для них кашу, чтобы малышки могли спокойно поесть. Каша мягкая, очень вкусная, я её ещё подслащу, тогда совсем хорошо будет.

Действительно, девочки кушают хорошо. Вот в разгар ужина возвращается очень задумчивая мама. Она садится рядом и обнимает нас всех, а у меня ёкает сердце от нехорошего предчувствия. Мамочка некоторое время молчит, младшие даже есть перестают, замерев и глядя на неё, а потом мама вздыхает.

— Истончается ткань Барьера, — сообщает она наконец. — Кто-то подсчитал, что от детского страдания истончение происходит быстрее, поэтому и запретили наказания в школе. Вы побудете пару дней дома, чтобы успокоиться, а потом посмотрим.

Барьер отделяет мир людей от мира демонов. Поставленный лет двести назад, он не позволяет вывернутым явиться к нам, чтобы вновь поработить людей. Если ткань барьера сильно истончится, то они могут попасть к нам сюда, и тогда наступит конец света. Злые демоны будут убивать и насаживать на свою вывернутость всех. Значит, получается, мы в шаге от конца света? Ой, мамочка, как страшно-то! Просто жутко становится от мысли о том, что Барьер может пасть. Может, пронесёт?

ГЛАВА ТРЕТЬЯ

Наказания действительно исчезают, а с ними постепенно сходит на нет и страх, но вот учителки явно чего-то боятся. С каждым днём они боятся всё сильнее, и мы это, конечно, чувствуем. Новости до нас не доходят, но, глядя на то, какой напряжённой возвращается с работы мама, я понимаю — всё непросто. При этом, конечно, стараюсь успокоить и младших, и Светку. А ещё мне начинают сниться кошмары.

Почти каждую ночь мне снится один и тот же сон — страшный демон, выглядящий, как историчка, вывернутая наизнанку, скалясь своими страшными клыками, хватает Диану и Маришку, чтобы впиться в них зубами. Это настолько страшно, что я просто подскакиваю на кровати, не в силах выдержать этот сон. Мне кажется, что Барьер уже пал, и жуткие вывернутые идут к нам.

Мамочка успокаивает меня, давая какое-то лекарство, от которого я сплю спокойнее, конечно, но напряжение растёт, и я его чувствую. Ничего не могу поделать с собой, ощущение беды всё сильнее. Но пока вроде бы всё спокойно. Поэтому утром я собираюсь в школу, уже не опасаясь за свою филейную часть. Только кажется мне, что пара недель не зачеркнёт столетие слёз, но это мнение я держу при себе, потому что — кто знает...

— Слышали? Всех космонавтов отозвали, — слышу я разговор двух наших кумушек. Они собирают слухи, зачастую выдавая их за информацию, поэтому верить им можно только ограниченно.

— Говорят, корабли вышли к Барьеру, — раздаётся другой голос. А вот это серьёзно, Зара языком трепать не любит.

— Демоны прорвутся? — интересуется Светка у меня, как будто я знаю всё на свете.

— Ну что ты! Конечно, нет, — улыбаюсь я ей, держа себя в руках из последних сил.

— Сегодня мы поговорим о том, что нужно делать в случае внезапного нападения, — вместо истории к нам приходит завуч. — Вы запомните всё, что я вам скажу.

Угроза в её голосе такая, что всё и так становится понятно. Попробуем только не запомнить — пожалеем, что на свет родились. Поэтому мы внимательно слушаем лекцию о поселковом убежище, куда и как бежать, какой сигнал служит для общей эвакуации, а какой — только предупреждает. Я слушаю завуча, понимая — всё очень-очень плохо, трудно было бы не понять...

— Тренировки будут проходить три раза в неделю, — говорит она нам на прощанье.

Стоит только ей выйти, как в классе поднимается жуткий галдёж — все начинают делиться мнениями по поводу услышанного. Те школьницы, у кого родители во Флоте или Полиции, подтверждают слух об отзыве всех. Значит, можно считать, что Барьер доживает последние дни или даже часы. Вопрос в том, почему его нельзя починить, но нам никто на него не ответит. Сдаётся мне, что Барьер не мы устанавливали, а кто-то другой, которого сейчас уже нет, поэтому и нельзя починить — никто не знает, как именно.

— Что делать будем? — интересуется Светка у меня, как будто я — заместитель мамы.

— Что сказано, — вздыхаю я в ответ. — Главное, чтобы младшие целы были. Кто-то из нас двоих будет их домой провожать, чтобы, если что...

— Чтобы не запаниковали, — кивает сестрёнка, знающая, что я её прикрою перед училками, если что.

Но я думаю, у училок какое-то подобие мозгов всё-таки есть, поэтому логично, что после таких новостей мы будем провожать младших. Переглянувшись, отправляемся на следующий урок, но даже математика в голову не лезет. Ничто не лезет в голову, совершенно. Все мы понимаем: такие инструктажи не к добру. И как ни странно, учителки понимают, что нам совсем не до уроков, не орут и не пугают.

Математичка просто прерывает урок, смотрит, кажется, на каждую из нас долгим взглядом, вздыхает и садится за стол. Она некоторое время смотрит в окно, о чём-то думая, а затем поворачивается к нам. Мы сидим за партами тихо, овоид класса будто наполнен этой тишиной. Так же тихо помаргивают на стенах портреты знаменитостей, формулы-подсказки...

— Мне тоже страшно, — признается учителка. — Даже очень страшно, потому что демоны — это конец всего сущего. Но если у вас есть шанс выжить даже в рабстве, то у меня такого шанса нет, и я знаю это.

— Почему это? — удивляется одна из учениц — Алька, по-моему.

— Потому что я никогда не склонюсь перед демоном, — отвечает она нам. — А вас можно заставить, напугать, пригрозить...

— Как заставить? — не понимаю я.

— Например, болью, — отвечает мне математичка. — Или угрозой твоим младшим... Подумай.

Я задумываюсь и понимаю: она права, за младших я что угодно сделаю. Просто за одну призрачную надежду их спасти. Не хочу оказаться перед таким выбором. Просто не хочу. Но когда я почти впадаю в панику, резко и тревожно гудит сирена. Она набирает силу, отчего я подскакиваю на месте, а потом бегу в сторону корпуса младших. Мне наплевать на все инструкции, я бегу к ним, ещё не сообразив, что тревога вряд ли настоящая.

Я успеваю, потому что Дианка и Маришка тоже наплевали на всё, что им говорили, побежав к нам. Я подхватываю на руки Маришку, рядом Светка делает то же самое с Дианкой, и мы быстро-быстро бежим в убежище, чтобы буквально влететь в него промеж закрывающихся дверей.

В убежище я впервые, но ничего примечательного в нём нет — квадратные ячейки от пола до потолка, серые стены, широкая дверь санитарных удобств, и всё. На двери удобств — пиктограмма с писающим ребёнком, чтобы не перепутали. На середину убежища выходит директриса, смотрит на нас как-то слишком уж предвкушающе, после чего начинает пугать. Она говорит о том, что здесь должна быть полная тишина и покой, потому что здесь такие стены, изолирующие. Ну и ещё рассказывает о том, что тут наказывать можно, что учителки с удовольствием и проделают, если… Я сначала пугаюсь, но потом задумываюсь.

Если бы у них действительно была такая возможность, то они не отменяли бы наказания, а просто водили провинившихся сюда. Значит, или нас пугают, или у них появилась сейчас какая-то новая возможность. Но я всё же думаю, что нас просто запугивают, и всё. Непохоже, чтобы у них была такая возможность. Зачем это нужно, мне вполне понятно, но, конечно, неприятно…

Из убежища нас выпускают часа через три. Младшие уже очень голодные, а я задумываюсь. Мне очень не нравится всё, что происходит, потому что напоминает просто панику, а паниковать я не люблю, особенно толпой. Значит, нужно иметь с собой еду для младших, раз учителки об этом не думают. Ну и ещё игрушки какие-нибудь, чтобы было малышкам чем заняться, и они не боялись. Да, так и сделаю!

Светка давно уже увела младших домой, а я всё отдуваюсь. Опрос у нас по строению мира, поэтому на отсутствие сестрёнки, конечно, порычали, но не сильно. Мы уже привыкли и к тревогам, и к тому, что все нервничают. Хотя именно нервничать люди почти прекратили, потому что человек привыкает ко всему. Вот и я привыкла, и мама, кажется, тоже.

Новостей в последнее время нет, только отчего-то всё тревожнее спать и мне, и малышам. Они всё чаще спят с нами, потому что сны нехорошие у всех, как предчувствие какое-то. Но пока вроде всё спокойно, нет ни плохих, ни хороших новостей, кроме побледневшего серпа Луны-2. Но мало ли отчего он побледнел? По крайней мере, я себя в этом убеждаю, хоть и готова к сегодняшнему опросу. На небе как раз сверкает его тема.

— Итак? — выразительно смотрит на меня учителка.

— Луна-два есть отражение Луны в зеркале Барьера, — заученно рассказываю я. — Фактически она служит индикатором состоя... — именно в этот момент я бросаю взгляд в окно, где на ясном дневном небе видимый мне серп Луны-2 исчезает прямо на глазах.

— Что же ты замолчала? — едко спрашивает меня учителка, а я пытаюсь осознать увиденное, что мне даже не сразу удаётся.

Но в следующее мгновение меня охватывает паника, я резко срываюсь с места, не слушая окрика, ведь исчезновение Луны-2 означает падение Барьера. Я всей душой чувствую, что мама и сестрёнки в опасности, потому со всех ног бегу домой. Я бегу, а вокруг нарастает звук сирены, но я не слушаю его. Мамочка уже должна быть дома, я успею, я должна!

Именно в этот самый момент раздаётся странный звук: «Вжух!», за ним ещё один такой же, и ещё один. Краем глаза я замечаю, что дома слева и справа просто исчезают, но я искренне надеюсь, что мамочка и сестрёнки успели убежать. Я почти взлетаю на наш холм, но... Нашего дома нет! Даже травы нет вокруг него, просто голая скала.

Не понимая, что произошло, на негнущихся ногах я подхожу к ровному скальному кругу, и тут до меня доходит: раз я не встретила мамочку и сестрёнок, значит, они оставались дома. Они оставались.... А дома нет, только скала... Значит, их тоже больше нет?! Я падаю на колени в самом центре этого круга и просто кричу от боли. Мамочка... Светка... Дианка... Маришка... Их больше нет?!

Не помню, что происходит потом. Отрывочные картины — чьи-то руки, госпиталь, судя по обилию людей в форме — флотский, какие-то уколы... Я бьюсь от боли внутри себя самой, не в силах осознать и пережить свою потерю. Но ведь тел я не видела, может быть, они живы? Именно эта мысль придаёт мне сил. Я медленно беру себя в руки, очень медленно, но, видимо, судьбе угодно меня бить о камни плохих новостей.

— Уцелело не более десятка человек, — слышу я чей-то голос. — Судьба остальных неизвестна.

Это значит, что школу накрыло тоже, не помогло, значит, убежище. Разговор отдаляется, а я пытаюсь понять, как такое стало возможно. Это, наверное, непредставимо, но я попробую. Вывернутые прорвались сквозь Барьер, решив забрать в рабство всех людей. Или даже съесть. Чтобы никого больше не было, а только вывернутые. Наверное, так... Но если в рабство, то они живы? Почему, ну почему я не успела?! Я должна была быть с ними! С ними там!

Это очень страшно — не знать, живы ли самые близкие люди. Очень, просто запредельно страшно, потому что... Это невозможно пережить, невозможно принять, просто невозможно, и всё!

— Ты уже можешь вставать, — говорит мне усталая целительница. — Пойдём, с тобой хотят поговорить.

— Хорошо, — внутри загорается робкая надежда, хотя на что я надеюсь?..

Я встаю, натягиваю на себя поданный мне комбинезон и иду, куда сказали. Мне кажется, из меня вынули какой-то стержень и выпустили весь воздух, потому что сил двигаться как-то очень мало. Мы идём по тускло освещённым серым коридорам, навстречу попадаются какие-то люди в форме, но я не смотрю на них, у меня просто нет сил.

— Великая, — обращается к кому-то целительница, — вот, последняя. Элькой зовут.

— Элька, подойди ко мне, — слышу я властный голос.

Подняв голову и делая шаг, я осматриваюсь. Вокруг меня — круглый зал с серебристыми стенами, сплошь в каких-то огоньках. Прямо напротив меня стоит та, кого назвали Великой — высокая особь с серебряными волосами и зелёными глазами. Чуть поодаль я замечаю диван, занятый двумя такими же, как я — школьницами на вид, но я их не знаю, возможно, на класс ниже или даже выпускницы... Они просто смотрят перед собой остановившимися глазами и ничего не говорят.

Но эту особь явно не зря называют именно Великой. Она просто с ходу начинает рассказывать нам историю Барьера, и эта история отличается от известной мне. Оказывается, демоны не передохли, всё случилось иначе: люди решили освободиться от демонов и построили отражение мира, в который и убежали, отгородившись Барьером. Но сейчас Барьер пропал, потому миры могут слиться, отчего у нас и нет выбора... Правда, про выбор я не поняла, но, думаю, этого и не надо.

— Мы пошлём вас по реке времени на сто лет назад, — сообщает мне Великая. — Вы донесёте нашу весть, отчего будут приняты меры, и Барьер не будет разрушен, а подлые демоны посрамлены.

— А почему нас? — удивляюсь я, но потом понимаю, почему — у нас больше никого нет, поэтому нас и не жалко.

Нашего согласия никто не спрашивает, нас просто ставят в известность. Спасибо, хоть не отправляют с нуля, а сначала рассказывают и показывают всё, что было сотню лет назад. Нас троих учат, при этом наказания следуют за любую, даже самую малую ошибку, отчего скоро я просто боюсь сделать что-то не так.

Кажется, те, кто должен нас подготовить, хотят сделать это как можно быстрее, поэтому не дают понимания, а просто вбивают в наши головы последовательность действий. Именно вбивают — до автоматизма, хотя я уже визжу от одного вида инструктора — так мне страшно. Просто невероятно жутко мне... Моника и Берта — так зовут других девочек — реагируют похоже, а спим мы втроём, обнявшись, потому что инструктора боимся намного сильнее всех демонов, вместе взятых.

— Вот и закончилось время подготовки, — однажды сообщает нам инструктор. — Сейчас вы получите последние напутствия и отправитесь на планету, чтобы выполнить ваше предназначение! Помните: вы — все, кто у нас есть, и если у вас не выйдет, человечество обречено!

Последними напутствиями ожидаемо оказываются именно настолько болезненные «внушения», что мы ничего от боли не соображаем. Я не понимаю, как оказываюсь в космическом челноке, как он идёт на посадку, а потом... Какой-то очередной зал, полный людей, меня вытряхивают из одежды, буквально срывая её, но мне уже всё равно, затем укладывают в какую-то ванну, но, когда злобно улыбающаяся особь нажимает синюю кнопку на стене, я слышу крик:

— Демоны! Демоны! — в этот момент всё вокруг вспыхивает нестерпимо ярким светом.

Мне становится ещё больнее. Эта боль заполняет всё вокруг, она проникает в каждую клеточку моего тела, я бьюсь, кажется, крича изо всех сил, но меня никто не слышит. Дверь в зал падает, и за ней обнаруживается настоящий демон с железными, отливающими серебром, руками. Он с лязганьем входит в этот самый зал, но в этот момент какая-то сила подхватывает меня и... всё исчезает в бешено вертящемся вихре.

ГЛАВА ЧЕТВЁРТАЯ

Звуки возвращаются как-то мгновенно, а с ними и боль, которая всё ещё рвёт моё тело. Прямо надо мной ревёт сирена, предупреждая о демонах — значит, ничего не получилось? Меня качает и слегка подбрасывает, я чувствую что-то во рту, а ещё... нет, больно, просто больно, и всё. Прямо надо мной слышится какой-то очень грубый голос, какой у историчка был, когда она на нас полчаса орала.

— Такоцубо в двенадцать лет — это не смешно, — непонятно говорит особь.

— Затравили девочку, — слышится в ответ, наверное, человеческий голос. — Считай, убили её в школе...

С огромным трудом я приоткрываю глаза, но вижу только что-то страшное, не осознавая пока, что именно вижу. Человеческая ладонь появляется и исчезает, после чего всё перед глазами гаснет. Если сирена, то я оказалась чуть раньше? Может быть, мама жива? И сестрёнки? Тогда мне надо проснуться! Очень срочно надо! Надо!

Я открываю глаза. Передо мной всё белое, слева что-то пищит, тонко так, противно, но никого нет. Я лежу на чём-то мягком, но глаза фокусируются плохо, поэтому я вижу размытые очертания предметов. На лице есть что-то, откуда дует ветер, явно помогая мне дышать. Что произошло со мной? Что случилось?

Я не могу сфокусировать взгляд, но боли уже нет, только дышится как-то не очень. Не как после наказания, а... даже сравнить не с чем. Но сирена не ревёт, поэтому я не боюсь. Пугает меня тот факт, что я двинуться не могу, как будто меня привязали. А, может быть, я попала к демонам, и действительно привязали?

— Ну, как тут поживает моя пациентка? — слышу я какой-то слишком низкий голос, почти рычание.

Я пытаюсь проморгаться, чтобы увидеть говорящего, но вижу только что-то нежно-голубое, медленно приближающееся ко мне. Неизвестная особь что-то ещё рычит и вдруг появляется передо мной. Прямо как на картинке в учебнике — передо мной стоит демон! Демон-потрошитель! Вот почему я привязана! Он меня сейчас...

Последнее, что я слышу — ставший совершенно истошным писк, после чего становится холодно и всё вокруг гаснет. Я плыву в чёрной жиже, а откуда-то издали мне машут руками мамочка и сестрёнки. Я так хочу к ним, так желаю, даже стараюсь сама грести, чтобы поскорее попасть к ним. Но что-то будто останавливает меня, опять заставляя всплывать, и это так обидно!

— Не умирай, пожалуйста, — слышу я нормальный человеческий голос, отчего, конечно, не пугаюсь.

Незнакомая особь очень просит меня не умирать, поэтому я просто приоткрываю глаза, чтобы увидеть её. Рядом со мной обнаруживается нормальная такая, только необычно одетая особь. Она будто бы демона раздела, потому что у неё такие же одежды, но, может быть, она из рабынь? Или убила демона и взяла его одежду, потому что рабынь держали голыми, чтобы их было удобнее мучить.

— Вот так, молодец, — улыбается она мне, очень ласково разговаривая, как с маленькой. — Меня зовут доктор Сизова, а тебя Леной. Ты пока не можешь ещё разговаривать, потому что недавно умирала, но скоро всё будет хорошо, надо только потерпеть, согласна?

Я киваю, потому что особого выбора у меня нет. У демонов я или у людей — я не очень хорошо понимаю, но сделать точно ничего не могу, поэтому остаётся только покориться судьбе. Вот только покоряться я не хочу. Я хочу узнать, где я, что произошло и как найти мамочку и сестричек, а остальное меня не волнует. Хотя, если у них получилось отправить меня назад по реке времени, тогда нужно предупредить о детском страдании и его влиянии на Барьер.

— Ничего не бойся, — говорит эта... целительница,

наверное. Я читала, что раньше целителей докторами называли, вроде бы. — Всё плохое уже закончилось.

Интересно, зачем она врёт? Она хочет сделать мне что-то плохое и поэтому лжёт прямо в глаза? Значит, этой Сизовой верить нельзя. Просто совсем нельзя... А что можно? Не знаю... Просто надо запомнить, а потом выяснить всё-таки, где я нахожусь, потому что язык, на котором мы говорим, не похож на Всеобщий, хотя что-то знакомое в нём есть, только нужно вспомнить, что именно. Я вспомню, обязательно, и тогда... А что тогда? Что это мне даст?

Утомившись от собственных мыслей, я засыпаю. Мне ничего не снится, я даже не понимаю, что сплю, но просыпаюсь внезапно — от того, что со мной что-то делают. Ощутив чьи-то руки на своём теле, я открываю глаза только чтобы увидеть сразу двоих демонов, кажется, даже кричу, а потом уже ничего не помню. Наверное, я у демонов, поэтому меня и хотела обмануть та целительница. Но раз я у демонов, то я или рабыня, или еда. Надо бы выяснить, кто именно я, чтобы знать, к чему готовиться.

— И вот такая реакция на мужчин? — слышу я сквозь сон, сразу же просыпаясь, потому что получаю доказательства своим мыслям, историю я совсем недавно сдавала.

— Да, профессор, — отвечает ему человеческий голос, наверное, рабыни. — Вплоть до остановки, гинекология факт как минимум попытки подтверждает.

— Дожили, — грубый низкий голос пугает неимоверно, но я делаю вид, что ещё сплю, стараясь получить побольше информации. — Сиделок приставьте, занимайтесь сами и проследите, чтобы мужчин не было.

— Хорошо, профессор, — произносит эта рабыня. — Сейчас важно восстановить сердце, а потом посмотрим. Известно, что именно произошло?

Голоса отдаляются, а я пытаюсь осознать и классифицировать то, что сейчас услышала. Узнав, что я боюсь таких, как он, демон приказал заботиться обо мне рабыням, что логично. Значит, пока он меня есть не будет, а сделает своей рабыней. Или не своей, а подарит кому-нибудь. Если буду рабыней, может быть, сумею узнать мамину судьбу? И сестрёнок? Значит, надо делать вид, что покорна... Решено, буду изображать покорную столько, сколько будет нужно, потому что, если меня съедят, то я так и не узнаю судьбу моих самых близких людей.

— Замучили девочку, — слышу я человеческий голос, а затем моей головы касается рука, отчего я вздрагиваю и раскрываю глаза пошире.

Рядом со мной сидит какая-то сморщенная особь с седыми волосами, одетая в белое. Я таких и не видела ни разу. Это то, что бывает после того, как съедают? Или другой вид? Особь смотрит на меня ласково, как мама, и гладит по голове, говоря совершенно непонятные вещи...

Правда, здесь все говорят непонятные вещи, что вполне объяснимо, ведь демоны же кругом...

Здесь меня называют Леной. Это, наверное, хорошо, что демоны не знают моего настоящего имени. Помню, рассказывали, что если демон знает твоё имя, то становишься послушной. Но я и так послушная, потому что нужно быть покорной, тогда, может быть, не съедят. Меня переворачивают, щупают, наверное, пытаются съедобность определить. Я только демонов близко очень пугаюсь, потому что кажется, что прямо сейчас начнут есть.

— Что нам известно о девочке? — демон с белыми волосами и какими-то прозрачными круглыми штуками на носу расспрашивает доктора Сизову обо мне.

— Психика у неё сохранена, профессор, — отвечает ему рабыня-целительница. — Пока дело не касается мужчин, но, учитывая произошедшее, это можно понять. А вот отчего такоцубо...

— Тут нам помогла милиция, — сообщает демон, отчего-то вздыхая.

Они думают, что я сплю, поэтому говорят прямо при мне, хотя обычно этого не делают, а мне интересно же. Меня называют по имени, а ещё — «девочка», но это слово мне незнакомо, спрашивать я, впрочем, не спешу.

Мало ли что здесь за вопросы бывает. Именно поэтому я осторожничаю, а сейчас просто внимательно прислушиваюсь, пытаясь если не понять, то хотя бы запомнить.

— Девочка потеряла отца, — продолжает демон свой рассказ, полный незнакомых слов. — Мать сошла с ума, принявшись вымещать зло на ребёнке, совершенно забив её. Частые повторы с пожеланиями умереть создали у Леночки желание... Понятно какое. С детским домом разбирается прокуратура, как и со школой.

— Но что именно произошло? — не понимает доктор Сизова.

— Её пытались утопить в унитазе, — объясняет демон. — Затем, видимо, имело место то самое, ну а в довершение у неё на глазах разорвали единственную остававшуюся у девочки фотографию отца. Так что...

— Господи, — совершенно непонятно говорит рабыня-целитель. — Как только психика у ребёнка выдержала... Баба Вера говорит, Леночка часть слов не понимает. Могла утратить значительный кусок памяти, как считаете?

Если я правильно понимаю, эта рабыня хочет мне помочь, сообщая демону, что я могу не помнить какого-то прошлого. Наверное, меня считают просто заболевшей рабыней, но почему-то не убивают. Наверное, у них не принято разбазаривать мясо, даже больное. Но нужно подтверждать идею о том, что я забыла. Тогда, наверное, можно будет спрашивать, и ничего за это не будет? Надо будет аккуратно у сморщенной рабыни поинтересоваться.

Очень странное на самом деле отношение ко мне. Меня лечат, рассказывают о том, что теперь всё будет в порядке, но какое «в порядке» может быть у рабынь? Вот и мне странно. Только страх перед демонами я побороть пока не могу, хоть и очень стараюсь. Они выглядят почти как люди, отчего становится ещё страшнее, а я совсем одна... Конечно, если у меня будет хоть какая-то минимальная свобода, я поищу мамочку и сестрёнок, но это только если будет, в чём я очень не уверена.

Постепенно мне разрешают двигаться, ну, в кровати — поднимать и опускать руки, поворачиваться, даже в туалет ходить, правда, на горшок, но это уже что-то. Значит, меня учат, как маленькую — сначала на горшок, потом и самой разрешат. Наверное, ждут, пока я к демонам привыкну и перестану их бояться. А если не привыкну, тогда, наверное, съедят. Есть у меня такое ощущение. Потому что кому нужна рабыня, которая настолько сильно хозяев боится?

Но вот как сделать так, чтобы я не боялась демонов? Они же страшные, жуткие, могут распотрошить меня... Как бы узнать, что со мной будут делать? Должен же у них быть план?

— Ну, как ты тут? — сморщенная рабыня зовётся бабой Верой, она меня почему-то любит, совершенно непонятно, за что. Может быть, потому что она — человек, а не демон?

— Я хорошо... наверное, — осторожно отвечаю ей, затем задумываюсь ещё раз и решаюсь: — А что со мной будет? Ну, после того, как... как вылечат?

— Ну, что будет... — она задумывается, и мне кажется, что это хороший признак — не заученно отвечает, значит, может быть, и правду скажет. — Найдут тебе семью, наверное, будешь учиться в школе, а там и вырастешь, своей дорогой пойдёшь.

— И мне позволят? — удивляюсь я, потому что как-то слишком фантастично это звучит.

— А отчего ж нет? — улыбается она мне, потянувшись, чтобы погладить. — Этот мир твой, и жизнь твоя.

— Значит, меня не будут... убивать? — я почему-то не могу произнести слово «есть», поэтому выражаюсь более широко, хотя знаю, что она меня поняла.

— Тебя не будут убивать, принуждать и делать то, что делали, — баба Вера так уверенно это говорит, что заставляет задуматься.

Допустим, она говорит правду, — это значит, что демоны не сразу используют рабынь, как нам на уроках говорили, а чуть погодя, давая погулять по миру, чтобы они могли потом ещё больше страдать в неволе. Но тогда это шанс найти маму и сестрёнок! Значит, если это правда... Стоп! А что значит «найдут семью»?

— А что значит «найдут семью»? — интересуюсь я,

потому что вряд ли семья у демонов — то же самое, что у людей. Поэтому мне интересно — это демонская семья будет или человеческая?

— Тебе найдут людей, которые будут тебя любить, — объясняет мне баба Вера. — Маму и папу, как у всех...

— А что такое «папа»? — удивляюсь я, потому что такого слова не знаю.

А она смотрит на меня, почему-то всхлипывает, но не отвечает, просто обнимает и гладит по голове. Видимо, то, что я спросила — это нельзя спрашивать. Но баба Вера не наказывает меня, а обнимает, гладит по голове, что, кстати, очень приятно, и говорит, что всё будет хорошо. Теперь я понимаю, почему мне часто говорят такие вещи — это так успокаивают, чтобы я не готовилась к смерти, а побыла наивной дурочкой ещё немного. Ну, пока на стол не подадут. Интересно, когда демоны едят, они прямо сырое мясо глотают или готовят как-нибудь?

Кажется, у меня сейчас появится возможность это узнать, потому что появляются два демона, которые без слов начинают двигать кровать. Я вижу их, мне становится очень страшно, ведь демонов аж двое, значит...

— Куда вы её? — восклицает баба Вера. — Её ещё нельзя!

— Сказано на эм-эс-ка-тэ! — непонятно объясняет один из демонов. — Поехали!

— Да я!.. Я доктору скажу! — сморщенная рабыня

возмущена, она куда-то убегает, а меня везут в мой последний путь.

Вот и заканчивается моя жизнь, зря меня пыталась успокоить баба Вера, потому что два демона сразу — они меня не помилуют. Значит, не найду я ни мамочку, ни сестрёнок, пусть им будет хорошо, где бы они ни были. Мне становится холодно, но я не обращаю на это внимания, успев увидеть демонский стол. Большая тёмная труба и узкий стол, на который меня перекладывают, как есть. Наверное, в трубе меня поджарят, поэтому одежду не снимают.

Говорят, что огонь — это очень больно. Сейчас у меня будет возможность это узна...

ГЛАВА ПЯТАЯ

В мои уши ввинчивается равномерный «бип» уже знакомой мне тональности. Получается, меня не зажарили, и я опять во власти демонов. Что со мной будет теперь? Я же как-то помешала тому, что со мной хотели сделать? Голова какая-то мутная, мыслей нет, и я... я почти ничего не помню, какие-то смутные образы. Только знаю, что меня должны убить, а почему — не помню.

Постепенно память проясняется. Меня зовут Элькой, но демоны называют Леной, потому что не знают моего имени. Меня хотели съесть, даже на стол положили, но, похоже, передумали. Как вариант — им нужно, чтобы я в это время не спала и посильнее мучилась, а то им неинтересно. А ещё мне нужно найти мамочку и сестрёнок, очень-очень нужно. Но как я найду мамочку и сестрёнок, если меня съедят? Надо спросить, когда будут есть, может быть, у меня ещё будет время?

— Очнулась, похоже, — слышу я голос доктора Сизовой, это местная рабыня-целитель. — Не умирай, Леночка, это плохая мысль.

— А меня опять будут есть? — интересуюсь я шёпотом, потому что громко почему-то не могу.

— Ты думала, тебя съесть собираются? — удивляется она, судя по голосу, потому что глаз я не открываю.

Страшно мне глаза открывать, потому что кажется — открою, а вокруг зелень, салаты, приправы всякие. Может быть, демоны просто ждут, когда я проснусь, чтобы начать есть? Не хочу такой смерти... Но отвечать надо.

— Меня же на стол положили, и там такое чёрное было, — объясняю я, как понимаю этот процесс.

— Ох... — вздыхает целительница. — Опять шуточки шутили, ну, я им! — непонятно говорит она. — Никто тебя есть не будет, ты невкусная. Тебя будут лечить, а потом отпустят.

— И я смогу найти мамочку и сестрёнок? — вырывается у меня, я осекаюсь, но уже поздно — я себя выдала.

— Маму и сестрёнок? — очень сильно удивляется доктор Сизова. — Ты всех найдёшь, обязательно, — говорит она мне, но потом быстро уходит.

Ой, какая я дура! Я же себя выдала! Что теперь будет? Хотя рабыня-целительница говорит, что я невкусная, значит, что-то сделать можно. Я открываю глаза, обнаружив себя на кровати в белой комнате. Меня действительно не едят, поэтому на душе становится спокойнее. С другой стороны, ну выдала я себя, и что теперь? Может быть, демоны даже поместят меня к мамочке? Ну, чтобы мы все были в одном месте... Почему-то хочется верить в хорошее.

— Вот, коллега, — слышу я голос доктора Сизовой. — У неё же нет никого, но...

— Она у тебя минимум дважды останавливалась, — вторит ей другой голос, но тоже человеческий, а не демонский. — Баба Вера говорит, забыла даже понятие отца, так что галлюцинации, в которые ребёнок верит, вполне возможны. Но в детский дом её нельзя... Вот что...

Голоса отдаляются, я же пытаюсь осознать услышанное, но не могу — оно просто не имеет для меня смысла. Я почти ни слова не понимаю из того, что говорят вокруг меня. Наверное, это не для меня говорят, поэтому я не понимаю, зато осознаю, что стала меньше. Я теперь, как Дианка, наверное, только у меня нет старшей сестры... Только бы они выжили... Только бы всё с ними было хорошо!

Я лежу и думаю о том, что будет. Есть меня не будут, если целительница не врёт, значит, найдут другое применение. А какое мне можно найти применение? Я не знаю, а в учебниках об этом было мало написано, что-то о тыкалке, но я уже и не помню. Это, скорей всего, будет больно, возможно, ещё и стыдно, но стыдиться мне уже нечего, потому что меня, похоже, тоже в рабыни возьмут. Будут заставлять работать и наказывать каждый день. Ну, так в учебнике написано. Значит, мне нужно быть покорной, чтобы получить немного самостоятельности. Смогу ли я быть покорной?

Это самый сложный вопрос, потому что непонятный. Надо подумать, что это значит... Выполнять все приказы, наверное. Ещё — не задавать вопросов. Можно ли будет кричать, когда будут делать больно? А они будут, потому что это демоны. Не сойду ли я с ума, вот в чём вопрос... Впрочем, может быть, я уже сошла, и теперь мне всё только кажется — и демоны, и целительница?

— Ну-ка, давай покушаем, — это баба Вера, я узнаю её по голосу. — Сейчас я тебя усажу, и ты будешь открывать ротик.

— Это будет больно? — интересуюсь я, чтобы знать, к чему готовиться.

— Больно не будет, — вздыхает сморщенная рабыня. — Ты поешь, потом придёт профессор. Ты полежишь с закрытыми глазами, чтобы не пугаться, хорошо?

— Я постараюсь больше не пугаться демонов, — обещаю ей, на что баба Вера меня гладит.

— Демоны... После того, что с тобой сделали, действительно демоны, — кивает она. — Обязательно говори, когда что-то болит! — строго добавляет она, будто что-то вспомнив. У неё такое лицо делается, так что видно же, что вспоминает.

Баба Вера принимается меня кормить. С ложечки кормит, хотя еда невкусная — в ней совсем нет соли, но я принимаю это. Я же у демонов, еда и должна быть невкусной, чтобы я осознавала своё положение. Всё хорошее в моей жизни закончилось, когда исчез наш дом с мамой и сестрёнками. Больше ничего хорошего быть не может, потому что это же демоны.

Я понимаю — нужно готовиться к боли, нужно о ней говорить, потому что как же они проверят, чувствую ли я её? Значит, демоны мысли не читают, а когда меня мучить будут, то заставят говорить, когда и где больно, чтобы я, наверное, равномерно мучилась. Даже любопытно немного, как демоны мучают. Мысли перескакивают на сестрёнок. Младших я, наверное, не увижу уже, потому что они же маленькие, их или съели уже, или замучают первыми... От этой мысли хочется горько плакать, но я не успеваю, потому что засыпаю. Только очень быстро — просто свет выключается, и всё. Я плыву в темноте, и вдруг вижу мамочку и сестрёнок, они опять мне машут, но мамочка какая-то очень сердитая, она грозит мне пальцем и смотрит так, что у меня даже руки дёргаются. Я сделала что-то плохое?

— Очень нестабильное состояние, профессор, — слышу я сквозь этот самый сон. — Санитары дошутились, теперь ребёнок думает, что все вокруг — демоны, а её хотят съесть.

— Выглядело бы дурной шуткой... — вздыхает рычливый знакомый голос. — Я посоветуюсь с коллегами. Пусть Вера Ильинична расспросит ребёнка о деталях того, что ей привиделось.

Я делаю над собой усилие и открываю глаза. Прямо рядом с кроватью стоит волосатый демон. Кажется, он весь покрыт шерстью, при этом пугаюсь я его не сильно почему-то. Наверное, это потому, что он на меня не смотрит. Пока что нужно попытаться привыкнуть к тому, что совсем рядом демоны, я же должна покорной быть...

— Здравствуй, маленькая, — баба Вера обнаруживается рядом, стоит мне только открыть глаза — это значит, что уже утро.

Так жаль, что оно наступило, просто до слёз. Всю ночь я была с мамой и сестрёнками, мы обнимались, а мама говорила что-то, но я не помню, что именно. Главное, они живы и, кажется, здоровы, мама же не будет обманывать? Значит, надо искать возможность к ним прийти. Ну или как-нибудь попасть.

— Здрасти, — тихо отвечаю я, глядя на бабу Веру. Хочется плакать оттого, что я опять в демонской больнице, но я держусь, конечно.

— Сейчас мы умоемся, позавтракаем, а потом будем учиться, — информирует меня сморщенная рабыня. — Ты многое забыла, мы это будем изучать заново.

— Ура, — отвечаю я то, что от меня хотят услышать.

Умывание из-за того, что я пока не стою, означает, что меня сейчас разденут и будут мокрой губкой везде гладить. Ну, совсем везде. Это уже привычно, хотя в первый раз было стыдно. Заодно я узнала, правда, что волосы у меня ещё не растут, значит, я действительно стала маленькой. В зеркале я себя ещё не видела, наверное, это хорошо. Может быть, я демонам просто противна, поэтому они меня не хотят есть. Хоть что-то хорошее.

Завтрак у меня невкусный, какой-то водянистый, состоящий из двух частей. Сначала каша, а потом маленькие белые кружочки, они называются «таблетки». Их нужно сразу глотать, а не жевать, потому что они горькие очень, просто до слёз. Странно, что меня не хотят мучить таблетками, ведь от них, если раскусить, я плачу. Но, наверное, нужно не только, чтобы плакала, но ещё и кричала от боли. Я постараюсь сделать так, чтобы демонам было приятно. Тогда, может быть, меньше будут мучить.

— Умница какая, — восхищается баба Вера. — Очень хорошо покушала. Просто молодец!

— Спа-сибо, — отвечаю я, запнувшись. Страшно немного, она же сказала, что учить будут...

— Сейчас мы поучимся, — мягко произносит сморщенная рабыня, отчего я против воли сжимаюсь вся. Странно, я же готова к тому, что больно будет, почему мне вдруг так страшно?

— Не надо бояться... — баба Вера гладит меня по голове, совсем как мама, и пытается убедить в том, что больно не будет. Мне всё равно почти, будет больно или нет, но у моего тела своё мнение, кажется, и что с этим делать, я просто не знаю. Но баба Вера гладит меня и, немного успокоив, начинает называть предметы вокруг. Она не кричит, не ругается и не наказывает, а просто просит повторить. Я повторяю, конечно, поняв, что мне надо запомнить все.

Комната, в которой я лежу, называется «палата», целители зовутся докторами, за окном — город. О том, что демоны — это «мужчины», а рабыни — «женщины», я помню ещё из уроков истории. Но кроме этих названий есть «мальчик», «девочка», «тётя», «дядя», «бабушка», «дедушка» и ещё несколько. Затем она переходит к предметам — «кровать» я знаю, а «кардиомонитор» — нет. Дом, в котором мы находимся, называется «больницей». Оказывается, что детей здесь точно не едят, а обязательно лечат, чтобы потом выпустить на волю.

Баба Вера объясняет мне, что совсем на воле, то есть дикими, дети не встречаются, у них есть хозяева. Ну, так здесь понимают семью, но это не семья, конечно. Просто есть демон и его рабыня, которым отдают ребёнка, чтобы они могли с ним играть. Правда, убивать ребёнка нельзя, а наказания бывают. То есть, когда меня вылечат, я сначала буду игрушкой. В меня будут играть, а если я буду хорошей игрушкой, то могут даже на свободу выпускать ненадолго, прежде чем отдать другому демону в рабыни.

Я впитываю новые знания, интересуясь тем, какие приняты наказания. Баба Вера немного удивляется, однако рассказывает что-то про угол, разговоры и запирание в комнате. Наверное, это какие-то вещи, которые все знают, поэтому я не уточняю. Немного страшно уточнять, поэтому и молчу. Нужно хорошо запомнить, что и как называется вокруг меня, именно потому, что уточнять о наказаниях не хочется.

— Какая ты молодец! — восхищается баба Вера, погладив меня ещё раз.

Оказывается, что утро уже прошло, и мне опять пора есть. Меня просто откармливают, наверное. Может быть, так принято, или же надеются, что я стану вкусной, и возиться со мной больше не придётся. Сделать, впрочем, я всё равно ничего не могу, поэтому нужно поступать, как сказано. Может быть, однажды я и узнаю...

Невкусный суп, какое-то жидковатое пюре и сладкая вода, которую баба Вера называет компотом, только это не компот, а именно что вода, причём непонятно, из чего. В стакане плавает что-то чёрное, сморщенное, я таких фруктов и не знаю совсем. Впрочем, всё равно буду делать, что сказано. А сказано мне поспать.

Я закрываю глаза, проваливаясь в дрёму. Действительно, усталость накатывает с новой силой так, что я не понимаю, как до сих пор держалась. Спустя бесконечно долгое мгновение я вдруг вижу маму. Почему-то сестрёнок нет, а есть только мама, она очень сердита, как никогда ещё не была, поэтому мне становится немного страшно. А когда я вижу, что у неё в руке, то страшно становится сильнее, отчего я просто замираю.

— Элька! — строго говорит мама. — Перестань о нас беспокоиться, тебе нужно строить свою жизнь!

— Но мама! — возмущаюсь я. — Мне вас найти надо!

— Ты нас не найдёшь, — произносит мамочка. — Нас всех обманули Старшие Сёстры, поэтому ты находишься сейчас там, откуда до нас не дойдёшь.

— Значит... я здесь совсем одна? — понимаю я.

Я просыпаюсь резко, рывком, задыхаясь и пытаясь вдохнуть. Мамочка не будет обманывать! Не будет! Значит, я здесь действительно одна, получается? Но зачем мне такая жизнь, где нет её и сестрёнок? Я здесь совсем маленькая, а вокруг — демоны! Демоны! И они могут сделать со мной что угодно! Может быть, это всего лишь кошмар? Ну, как Дианке и Маришке снились... Да и мне тоже... Это всего лишь сон, а где-то далеко меня ждёт мама и сестрёнки? Ну, может быть, они меня ждут, чтобы заобнимать и жить, пусть даже и в рабстве?

В палату вбегают демоны и люди вперемешку, они бросаются ко мне, а я стараюсь вдохнуть и плачу. Я плачу от страха того, что сон окажется правдой. Так неправильно, нечестно, просто не должно быть! Такой сон не может быть правдой, потому что мамочка всегда есть! Всегда-всегда, не может же быть, чтобы её не было! Не надо, чтобы её не было...

— На стол, срочно! — командует демон, давая мне понимание того, что они изменили своё решение.

Значит, теперь я для них вкусная...

ГЛАВА ШЕСТАЯ

Я гуляю по нашему городку, в котором совсем никого нет. Все дома на местах, растут деревья, в небе светятся обе Луны, но совсем пусто. Как будто здесь никого никогда не было. Сильно это удивляет, но я иду к нашему дому. Он кажется нежилым, хоть и знакомым до последнего камушка. И сияющие прозрачные окна, и конёк на крыше, выкрашенный свежей краской, да и весь дом выглядит так, как будто он только что построен, а ведь в нём поколения жили...

Я захожу внутрь, вижу стол, стулья, шкафы, зияющие пустыми полками... Привычно повернув в свою спальню, я вижу, что здесь всё новое, и понимаю: в доме никто ещё не жил. Что это? Почему я так вижу? Затем картинка меняется: я иду по дороге к старому космодрому, только чтобы увидеть, как на поле медленно садится Первый

Корабль. Значит, я почему-то вижу переселение? Ну, Большой Исход рабынь... Кстати, о рабынях, почему у нас я никогда не видела таких сморщенных, как баба Вера? Может быть, это другая раса какая-нибудь?

— Ты что здесь забыла? — слышу я откуда-то сзади.

Оглянувшись, замечаю нашу историчку, правда, немного иначе выглядящую. В руке у неё палка для наказаний — тонкая и длинная, а сама она смотрит на меня, предвкушающе улыбаясь. Я понимаю, что сейчас будет, потому что историчка иначе не умеет — ей очень нужно, чтобы её боялись, плакали и кричали от боли. Она — как демон. Может быть, наши училки и были переодетыми демонами, приближавшими их приход?

Я уже готовлюсь к неизбежному, когда что-то происходит — училка превращается в демона, я вижу его лицо совсем рядом, прямо надо мной. Его глаза смотрят на меня с тревогой, а в них я вижу столько доброты, что даже не верю себе. Он что-то делает со мной, отчего мне сразу становится легче дышать.

— Вот так, маленькая, дыши, — говорит он мне низким, демонским голосом, но мне почему-то совсем не страшно. Он просто очень ласково это говорит. — Хорошая девочка будет жить.

— Ты меня не будешь есть? — почему-то очень хрипло спрашиваю я.

— Если захочешь, я тебя буду любить, — отвечает этот очень странный демон, от которого почему-то тепло.

— Любить? — я удивляюсь, но думаю, что если так, то пусть... — Тогда можешь есть, — разрешаю я ему.

— Сейчас мы поедем в палату, я посижу с тобой, если не страшно, — мне кажется, что это мама вселилась в демона, чтобы я не была одна, поэтому я и не боюсь.

Он постоянно рядом, гладит меня, разговаривает очень ласково и не разрешает никому подходить. Он — как ангел, хоть и демон. А может быть, это замаскированный ангел, который хочет, чтобы я не плакала и не была одна? Я не знаю, но почему-то не боюсь этого демона. Мне тепло от того, как он разговаривает со мной, хоть я и не понимаю, что происходит.

Демоны не могут любить, им нравится мучить людей, значит, это не демон, но он и не человек, у него нет ни груди, ни голоса человеческого. Я задумываюсь, не замечая даже, что оказываюсь совсем в другой комнате, ну, в смысле палате. Здесь больше зелёного цвета, ну и у доброго демона тоже зелёная одежда. Он сидит рядом, разговаривает со мной, а я просто не могу поверить в то, что слышу. Мне очень хочется поверить, но это же демон! Или нет?

— Ты хочешь взять меня в дочки? Или в игрушки? — интересуюсь я, на что демон сначала только улыбается и гладит меня.

— Я хочу тебя взять в дочки, — отвечает он мне. — Но не сейчас, а когда придёт время.

— А почему? — удивляюсь я.

— Потому что сейчас тебе пора просыпаться, малышка, — произносит странный демон. — Ты проснёшься, но никто не будет желать тебе зла, потому что это такое волшебство.

— Постой! — зову я его, но все исчезает.

Палата становится прозрачной, потом её колышет, как занавеску на ветру, а потом становится темно-темно, только отрывочные слова доносятся до меня. Что-то про разряд, какие-то ещё слова, кто-то просит жить, дышать, ещё что-то непонятное просит, чего я не понимаю.

— Стоп, есть пульс! — произносит какой-то голос. — Живёт малышка.

И в этом голосе я не слышу злости, он какой-то добрый, но уставший. Наверное, тот зелёный добрый демон мне просто приснился, но теперь я не боюсь демонов, кажется, потому что он показал мне, что и демоны бывают добрыми. Ну, не желающими меня съесть. Значит, мир отличается от того, что нам говорили. Вопрос только в том, могли ли нам говорить неправду? Ну, если училки специально приближали падение Барьера, значит, получается, могли?

— Не пугайся, мы не причиним тебе вреда, — кто-то другой, но тоже демонский, обращается явно ко мне. — Мы хорошие, честно-честно.

— Я... не буду... — с трудом выдавливаю я, но глаза открыть ещё боюсь.

Надо заново изучать демонов, чтобы узнать, что они

такое на самом деле. И если бывают хорошие демоны, то, может быть, мне помогут найти маму и сестрёнок? Надо будет спросить, только сначала спрошу у бабы Веры. Ой, а вдруг ей нельзя говорить об этом? Надо сначала спросить, можно ли говорить, а потом уже и спрашивать. Да, так правильно!

— Что тут? — интересуется кто-то незнакомый с человеческим голосом. — Операцию перенесла, паники я не вижу, в чём дело?

— Ира, останься с ней, пожалуйста, — произносит какой-то демон, — девочка мужчин очень боится, три раза только в больнице заканчивалась, сама понимаешь.

— Ох, ты ж малышка! — вздыхает целительница с такой лаской в голосе, что я даже забываю, как дышать. Но потом дующий мне в нос воздух заставляет снова вдохнуть. — Что же с тобой сделали...

— Не скушали же ещё... — удивляюсь я, осторожно открывая глаза.

Прямо напротив меня сидит целительница в зелёном, прямо как тот самый демон. Она улыбается мне как-то очень-очень ласково, как будто это мама смотрит через её глаза. Мне даже хочется потянуться к ней, но я не могу, потому что очень слабая — даже пошевелиться не могу. А она меня очень ласково гладит, рассказывая, что случилось.

— У тебя неправильно работало сердечко, — объясняет мне названная Ирой целительница. — Поэтому ты постоянно пыталась умереть, но тебя прооперировали, и теперь всё будет хорошо.

— А что это такое? — смело спрашиваю я, надеясь только, что за это ничего не будет.

— Тебе разрезали грудь, починили сердечко и снова зашили, — рассказывает целительница. — Теперь оно будет учиться стучать правильно, а ты постепенно сможешь двигаться.

Я понимаю, что произошло: меня решили съесть, положили на стол и начали резать на кусочки, но увидели, что я невкусная, и просто починили то, что испортилось. Значит, больше есть меня не будут, потому что теперь я для них хорошая. Целительница как-то так и объясняет... Правда, может, только больничные демоны есть не будут, а другие — откуда она может знать?

Я медленно поправляюсь, так говорит тётя Ира и ещё баба Вера. Меня боятся выписывать, пока грудь не заживёт, потому что сейчас я легко могу сломаться, а ведь надо ещё того демона найти, которому нужна такая игрушка, как я. Сначала я думаю, что, может быть, тётя Ира меня возьмёт, но оказывается, что это нельзя, потому что... ну, наверное, потому что я сломанная была. Целительница просит прощения, но я и не сердилась, с чего бы мне?

Понятно же, что не каждая особь согласится взять ребёнка себе, особенно когда уже свои есть, и много, а у тёти Иры аж три ребёнка, и больше ей кто-то не разрешает. Наверное, её демон и не разрешает. Ну вот, сейчас пока ищут того демона, кому нужна такая игрушка, а я пока выздоравливаю. Ну, наверное, выздоравливаю, потому что как иначе? Не будут же меня держать здесь вечно?

О будущем я совсем не думаю, потому что я же одна здесь. Тётя Ира подтверждает, что такой рабы... женщины, как мамочка с сестрёнками, здесь нет. Совсем нет, отчего мне очень грустно и хочется плакать, но плакать мне нельзя, потому что нельзя, и всё. Теперь мне нужно ещё и привыкать к местным названиям... Баба Вера говорит, нельзя демона называть демоном, а только «мужчина», «мальчик» или «юноша», а насчёт людей я и сама уже понимаю.

Ещё я понимаю, что меня не будут ломать, только пока я соблюдаю правила и вообще покорно играю роль игрушки. Вопрос только в том — нужно ли мне, чтобы меня не ломали, или не нужно? Это очень важный вопрос, ответа на который я не знаю. Но, думаю, рано или поздно мне придётся узнать и его. Я пытаюсь расспросить бабу Веру о том, что здесь со сломанными игрушками делают, но она меня не понимает, или действительно просто выбрасывают в мусорку. Она даже показывает мне в окно эту мусорку, и я понимаю, что такая медленная смерть очень страшная, поэтому, наверное, не надо, чтобы меня ломали.

— Сегодня у тебя гости, — говорит мне тётя Ира. — Постарайся не пугаться, а я побуду с тобой, хорошо?

— Дем... Мужчина? — понимаю я.

— Да, — кивает она, погладив меня по голове. Все целители гладят меня по голове, это очень приятно, хоть и непонятно, почему так приятно, ведь они без любви это делают, как будто по необходимости. — Готова?

— Готова, — соглашаюсь я.

Я всё понимаю, держать меня среди хороших демонов никто не будет, поэтому сегодня придут выбирать игрушку. Наверное, будут делать больно, если я им не понравлюсь. Значит, надо понравиться. Нужно улыбаться и быть покорной, чтобы они подумали, что я такая всегда. Тогда, наверное, не будут ломать. Сегодня, прямо сейчас я познакомлюсь с хозяином и его рабыней. Могла ли весёлая девочка Элька представить, что однажды станет даже не рабыней, а игрушкой, как куклы младших?

В палату входят двое, демон и рабыня. Он большой, страшный, с чёрными волосами на лице, а она хрупкая и какая-то усталая. Наверное, демон её каждый день мучает, вот она и устала, но теперь он будет больше игрушку мучить, отчего рабыня отдохнёт. Она даже улыбается — от предвкушения, наверное. Я же стараюсь себя убедить, что демон не страшный, а просто так выглядит.

— Здравствуй, Леночка, — гудит своим низким голосом страшный демон... ну, мужчина. — Мы очень рады познакомиться с тобой.

— Здравствуйте, — я старательно улыбаюсь, хотя мне немного жутко.

— Здравствуй, малышка, — улыбается его рабыня. — Можно, мы присядем рядом с тобой?

Рабыня говорит мягко, ласково, но, кажется, чего-то боится. Хотя понятно, чего — хозяин же рядом. Я киваю, потому что выбора у меня нет — они всё равно сделают то, что хотят. Ощущение, как в магазине, наверное, в игрушечном магазине куклы так же смотрят на людей. Только они там неживые... Считают ли демоны живыми нас, людей? Я не знаю...

— Девочка пережила гибель близкого человека, затем её убили в школе во время травли, ну и... — начинает рассказ тётя Ира, но демон останавливает её. Ему это точно не интересно, кого волнует история игрушки?

— Мы всё это знаем, — гудит демон, потянувшись рукой ко мне. Я прикладываю все свои усилия, чтобы не завизжать от ужаса, но он просто прикасается к моей руке.

— Она боится, — вздыхает рабыня демона, внимательно наблюдая за мной. — Может быть, привыкнет?

— Я не хочу её мучить, — демон решительно встаёт, но тут я пугаюсь ещё сильнее.

Если он сейчас уйдёт, то что случится со мной?

Другому демону отдадут? Или в мусорку, потому что я — всё равно, что сломанная? От одной этой мысли становится ещё страшнее, поэтому я совершаю, по-моему, самый глупый поступок — я тянусь, чтобы остановить его.

— Постойте! — прошу я страшного демона, потому что перед глазами уже стоит разверстая пасть железного контейнера. Лучше пусть я от боли совсем сломаюсь, чем так!

— Вася, подожди, — просит рабыня и наклоняется ко мне. — Что, маленькая?

— Н-не оставляйте ме-меня... — я уже дрожу, потому что моей смелости надолго не хватает, а аппарат рядом уже гудит.

Я знаю, отчего он гудит, ведь меня захлёстывают волны холода и страха попеременно, не может монитор это проигнорировать. Я хорошая игрушка! Я самая лучшая буду! Только не выбрасывайте! Не надо, пожалуйста! Мне кажется, я кричу эти слова, но на самом деле мои губы едва шевелятся. Демон вдруг оказывается как-то очень близко, он берёт меня на руки — как-то вдруг, совершенно незаметно для меня, а я, зажмурившись от страха, прижимаюсь к нему. Пусть лучше быстро съест, чем мусорка...

— Странно, она боится, но... — рабыня озадачена, а демон просто прижимает меня к себе, как будто я его... а не игрушка... Хотя, может быть, у них так принято с игрушками обращаться?

— Учитывая её историю, неудивительно, — низко гудит демон, а потом гладит меня по голове сбоку, отчего мне почему-то становится спокойнее на душе. — Мы попробуем, — заключает он.

Я понимаю: меня выбрали в игрушки и теперь будут мной играть, пока не сломают. Надеюсь, в конце меня не ждёт мусорка, потому что очень страшный оказался рассказ бабы Веры о том, что со сломанными игрушками делают. Мир демонов очень жесток и страшен! Особенно для людей, что, в принципе, логично. В учебнике то же самое рассказывалось, другими словами, конечно, и не так страшно, но рассказывалось. Наверное, это потому, что учебник не должен пугать, а только учить, никто же не думал, что случится такое...

ГЛАВА СЕДЬМАЯ

Несколько раз ко мне приходит этот самый демон со своей рабыней, я ему старательно радуюсь, ведь я знаю, что случится, если я не буду, а он мне даже приносит игрушку — мягкого медвежонка. Говорит, что каждому надо кого-то обнимать, намекает, наверное, только я не понимаю сути этого намёка. Я благодарю, а когда демон уходит, плачу в подушку.

— Не надо, тебе опасно плакать, — пытается успокоить меня баба Вера. — Ты скоро отправишься к своим новым родителям.

Она считает, что я плачу из-за расставания с ними. С демоном и его рабыней, которую очень скоро я буду вынуждена называть мамой. Называть демона папой мне нетрудно, это слово не имеет для меня никакого смысла, только название, а вот мама... Это больно, просто очень больно, но мне придётся, чтобы не было мусорки... Почему я тогда задержалась? Зачем я вообще пошла на тот урок, а не ушла со Светкой вместе? Зачем я выжила?

Сейчас-то уже точно ничего не поделаешь, нужно просто покориться своей судьбе, какой бы она ни была. Однажды всё закончится, и тогда я, наверное, вернусь к мамочке, если демоны, конечно, не съедят мою душу. Тогда может быть ещё страшнее, лучше об этом просто не думать и не знать, что со мной будет, потому что просто очень страшно.

Странно, но демоны совсем не такие чувствительные, как в учебнике написано. Они вовсе не читают мысли, не отличают правды от лжи, они почти ничем не отличаются от людей, кроме своей вывернутости и звериной жестокости. Одна только мусорка чего стоит, а ведь у них наверняка есть намного более страшные вещи, которые мне как минимум покажут, чтобы было потом ещё страшнее.

Проходит, наверное, ещё неделя, меня как раз учат ходить, когда в палату, где я отдыхаю, приходит чья-то незнакомая рабыня. У неё в глазах — равнодушие, значит, она уже знает, что я — чужая игрушка. Она подходит ко мне поближе, глядя даже с лёгкой брезгливостью — ну, это понятно, почему — и начинает со мной разговаривать. Её интересует, действительно ли я хочу к демону и его рабыне, при этом называет их так странно, непонятно для меня. Издевается, по-моему, она надо мной, как будто у меня выбор есть... Или это демон её послал, чтобы она надо мной так поиздевалась?

Конечно, я всё подтверждаю. Внутри меня так холодно от осознания того, что меня уже начали мучить, но делают больно не телу, а душе... Хотя чему я удивляюсь? Это же демоны... Демоны вокруг, а я — всего лишь игрушка, которую можно мучить и ломать. Ведь ломать можно по-разному, вовсе не обязательно делать это болью, правильно? Вот демон и послал свою рабыню, чтобы она покуражилась, показывая мне, что я — ничто для них... Игрушка...

Когда она уходит, я плачу. Здесь пока ещё можно плакать, хотя для меня это опасно, но мне всё равно. Я, конечно, сначала выяснила, что значит «опасно». Тётя Ира объяснила, что я могу от этого опять умереть, но это как раз для меня не страшно. Если я не сломаюсь до мусорки, то всё не страшно, а если умру, то больше ничего чувствовать не буду. Это же хорошо, если не буду чувствовать? Главное, чтобы демон не забрал мою душу, тогда я не знаю, что будет...

Так проходит день, потом ночь, а наутро приходит демон, которого я отныне должна называть «папа», а его рабыню — «мама». Прости меня, мамочка, но у меня нет выхода, прости... Здесь тебя нет, мамочка, а если я не буду делать, как велят, то и умирать я буду очень долго и страшно. Вот они входят в палату, медленно, страшно надвигаясь на меня. Они приближаются с неотвратимостью катящегося с горы камня, они всё ближе ко мне, поэтому я должна встать с кровати, чтобы они могли что-то сделать со мной. Я одета в недлинное платье, неспособное меня от чего-либо защитить.

— Здравствуй, Леночка, — гудит страшный демон, протягивая ко мне свои лапы... то есть руки.

— Здравствуй, папочка, — отвечаю я так, как меня научила баба Вера. — Здравствуй... мамочка, — сделав над собой усилие, приветствую я рабыню демона.

— Ну, — предлагает мне он, — пойдём домой.

— Да, пойдём домой, — добавляет та, которую я вынуждена называть «мамой».

Она меня не любит, я вижу, да и можно ли ожидать любви от рабыни? Этого я не знаю... Мне вспоминается Светка, как-то сразу нам поверившая. Она же мгновенно поверила, наверное, потому что устала умирать вместе с мамой, и ещё побили её сильно, вот она почти и сломалась. А будь я на её месте, я бы поверила? Этот вопрос заставляет меня задуматься.

Но пока я думаю, мою руку сжимает в кулаке демон. Он показывает мне, что бежать некуда, но я и сама не хочу бежать. Куда мне бежать? На стол или в мусорку? Демоны тупые, правильно в учебнике было написано. Я покорно иду, куда меня ведут, старательно улыбаясь во все стороны, хотя хочется просто выть от безысходности.

Позади остаётся оплакивающая меня баба Вера. Она хорошая, хоть и сморщенная вся. Она единственная была полностью честной со мной и даже всё рассказала. Всё, что знала сама, конечно. Позади остаётся какая-то призрачная безопасность, теперь я — всего-навсего вещь.

— Садись, — демон показывает рукой на какую-то коробку с прозрачными окнами, но я не понимаю, что он от меня хочет, отчего у меня начинается паника.

— Вася, — качает головой рабыня и что-то делает с этой коробкой, отчего часть её открывается, показывая мне, что внутри есть диван. — Дочка забыла многое, а ты её пугаешь, вспомни, что рассказывали!

— Прости, дорогая, — демон делает виноватый вид, но я не верю, конечно.

— Нужно сесть внутрь, — «мама» помогает мне сесть внутрь, после чего усаживается рядом и обнимает. — Не бойся, мы поедем сейчас домой.

— Я не буду бояться, — обещаю я, прилагая все силы для того, чтобы не начать дрожать.

Что-то впереди начинает рычать, потом я слышу щелчок, меня дёргает и вжимает в спинку. Внутри этой коробки много серебристых деталей, передо мной — ещё одно кресло, а то, которое перед... «мамой» — оно занято «папой». Он крутит руками что-то, я не вижу, что именно. Перед ним много кнопок, каких-то сенсоров, а в большом телевизоре, прямо перед носом, показывают странный город с серыми домами, выглядящими, как... ну, как муравейник, что ли?

Тут я понимаю: эта «машина», как её назвали, это

просто игра такая для демонов, поэтому я не понимаю её смысла. Решив, что мне лучше просто тихо посидеть, я прикрываю глаза, изображая усталость, после чего моментально оказываюсь на коленях «мамы». А что, удобно...

Демоны живут большой кучей, их дома похожи на муравейники, одинаковые, как и сами демоны. Бежать отсюда некуда, а ещё у каждого огромного дома стоят целых две мусорки — напоминанием, что со мной будет. Серая мрачная домина в форме кирпича разделена на ячейки, в этих ячейках и селятся демоны. И я буду жить в такой ячейке на третьем этаже.

Меня ведёт за руку... «мама», потому что демон с какой-то большой сумкой идёт впереди. Надо привыкать называть его «папой», это несложно, тем более что это бессмысленное для меня слово. Мне и интересно, как со мной будут играть, и не особо, потому что узнаваемая мусорка прямо возле подъезда пугает до дрожи, но дрожать нельзя, потому что мне кажется, что «мама» только и ждёт возможности от меня избавиться.

Наверх ведут ступени, но есть ещё железная коробка, страшная, как мусорка. Она называется «лифт», пахнет в ней похоже. Как будто игрушки очень сильно пугаются, так в ней пахнет. Этот лифт поднимает нас троих наверх.

Двери его раскрываются, чтобы показать такую же серую комнату, из которой ведут три двери. Наверное, это как в сказках — выбери свои пытки сам. Но выбора у меня нет, потому что меня тянут к одной из дверей.

— Вот здесь мы и живём, — говорит рабыня фальшиво-радостным голосом. Ну правильно, чему тут радоваться-то?

— Здорово, — старательно радуюсь я. — А где будет мой коврик?

— Коврик? Какой коврик? — удивляется «мама», ну, изображает удивление, конечно, ведь в книге было написано, что рабыни спали на ковриках у кровати демона.

— Ну, где я спать буду, — объясняю я, задумавшись на мгновение о том, что игрушке, может быть, и коврик не положен, игрушка же...

— Не поверила я, что мать над тобой так издевалась... — качает головой рабыня. — Ты будешь спать на кровати, как все люди!

Я поражаюсь этой тонкой издёвке — «как все люди»... Правда, смешно? Люди здесь порабощены демонами, что мне рабыня сразу же доказывает — лишь только показав мне «мою комнату», она сразу же уносится обслуживать своего демона, а я сажусь на стульчик посреди помещения и оглядываюсь.

Кровать низкая, чтобы я могла залезть на неё, наверное. Рядом два шкафа — один полупустой, с какой-то одеждой, а второй, учитывая его расположение, я открывать боюсь. Страшно мне, потому что, подозреваю, там лежат орудия наказания — они там обязательно должны быть, не зря же он так расположен — как в школе. Всё вокруг в противно-розовых тонах, наверное, намёк на то, что скоро всё вокруг будет в моей крови. И стол розовый, и стулья, и шкафы...

Интересно, нужно догола раздеваться, или они любят как-то иначе? В любом случае, привычно снимаю платье, хоть это и немного трудно. Повесив его на стул так, чтобы оно не помялось, я смиренно жду, что будет дальше. Наверное, меня позовут, когда захотят играть мною или мучить? Вряд ли же будут сразу ломать, правильно? Холодно немного сидеть просто в белье, но я терплю.

— Лена! Иди кушать! — доносится до меня, будто в ответ на мои мысли.

Я быстро вскакиваю со стула и почти выбегаю из комнаты, чтобы столкнуться с демоном. Он ловит меня как-то очень мягко, хотя я рефлекторно сжимаюсь в ожидании удара.

— Тебе же холодно так, — замечает демон, держа меня в руках. — Не нашла, во что переодеться?

— Я привыкла, — отвечаю ему, хотя мне очень страшно, конечно.

— Пойдём, найдём что-нибудь для тебя, — он ведёт меня обратно в комнату, прямо к тому страшному шкафу.

Я понимаю — сейчас будет больно, поэтому, как

только он меня отпускает, чтобы раскрыть шкаф, зажмуриваюсь, схватив одной рукой другую, чтобы не закрыться в беспомощном жесте. Папа сначала не видит, что со мной происходит, судя по отсутствию реакции, а потом я чувствую объятья.

— Чего ты испугалась? — спрашивает он с недоумевающими интонациями.

— Ну... я же... — не знаю, как ему ответить так, чтобы не было ещё хуже.

— Тебя никто не будет наказывать, — произносит этот папа с мягкими интонациями. Я не чувствую лжи в его голосе, но это ничего не меняет — демоны ведь не могут говорить правду. Поэтому лгут абсолютно искренне.

Он подбирает мне «домашнее» платье. Оно ожидаемо короткое, видимо, для удобства, чтобы просто подол задрать — и всё, но при этом не требует раздеться полностью, что меня удивляет, но несильно. Кто знает, какие у демонов игры. Затем папа ведёт меня куда-то по тёмному коридору, за которым оказывается другая комната — побольше, чем-то похожая на кухню. На белом мраморном столе стоят тарелки с дымящейся демонской едой. Почему-то мне страшно разглядывать всё вокруг, поэтому я смотрю только перед собой.

— Сложно с ней будет, — сообщает демон, заставляя меня сжаться от этих слов. — Очень она запуганная.

— Ну, может, отойдёт, — отвечает ему та, кого я

должна называть «мамой». — Первый день всего. Кушай, Леночка.

Она пытается говорить ласково, но в её голосе — фальшь! Я чувствую эту фальшь, от которой меня пробирает холодом, но внешне только улыбаюсь и благодарю. В тарелке передо мной — красная, как кровь, жидкость, в которой виднеются кусочки мяса. Наверное, это предыдущая игрушка, которую даже не выкинули, а просто решили съесть. Смогу ли я есть, зная, что вот это мясо совсем недавно было такой, как я?

Я покорно зачерпываю ложкой горячее демонское варево, отхлёбывая его, потом ещё и ещё. Соли в нём как-то очень много, видимо, меня решили мучить иначе. Я ем варево, хотя оно обжигает язык, да и страшно есть человека, но образ мусорки стоит перед глазами, отчего становится всё страшнее. И вдруг волна тошноты накрывает меня. Я дрожу, пытаясь сдержать рвоту, но она просачивается... я уже почти готова вырвать, когда демон что-то замечает, хватает меня и быстро утаскивает в туалет, где почти макает головой в унитаз. От запаха я не могу сдержаться уже, отчего меня просто выворачивает, до боли, до обморока. Просто в какой-то момент свет выключается, и всё.

Зато человеческое мясо не попало мне в желудок, я никого не съела! Правда, что теперь будет со мной? Как меня накажут за то, что я поломала игру? Не знаю... Я уже чувствую что-то мягкое под собой и слышу звуки, но боюсь показывать, что очнулась. Они же могут и силой заставить меня съесть то, что хотят!

— Жирноват для неё борщ оказался, — произносит голос демона. — Надо в больницу позвонить, может, посоветуют чего.

— Может быть, это из-за соли? — интересуется его рабыня. — Я же солила, может, ей солёное ещё нельзя?

— Разберёмся, — отрезает папа, после чего голоса отдаляются, а затем ко мне приходит та, что зовётся «мамой».

Я не смотрю, но чувствую — у неё поступь другая и запах тоже. Вот она сразу догадывается, что я уже проснулась, отчего бьёт меня по щеке. От неожиданной боли мои глаза распахиваются. Я успеваю заметить какое-то странное выражение в её глазах, не понимая его, а эта... «мама» — она очень страшно облизывается, отчего я опять засыпаю.

ГЛАВА ВОСЬМАЯ

Меня держит на руках мамочка, хотя я уже большая, конечно. Но она держит меня на руках, вокруг сёстры стоят и гладят меня. Я рассказываю о страшных демонах и их рабынях, особенно той, которую надо «мамой» называть, хотя я не хочу. Ну и про игрушку, и про мусорку ещё, конечно. Мамочка слушает, гладит меня, вздыхает и молчит. Но мне хватает и того, что она есть, и что сестрёнки есть. Пусть они ничего не говорят, а только гладят, но мне становится легче на душе после этого сна.

Фальшивая «мама» меня не любит, впрочем, чего я ждала... Наверное, я у них не первая игрушка, а каждую любить нельзя, потому что грустно, когда они ломаются. Ну, ещё тот «борщ» из игрушки ведь она же сделала, значит, она может быть не рабыней, а переодетым демоном, как училки в нашей школе. То есть она будет мной тоже играть и ломать тоже будет. Демон — хотя бы понятно, почему такой страшный, а вот выглядящая человеком — она в тысячу раз страшнее.

— Лена, вставай! — зовёт меня эта фальшивая, и я сразу же открываю глаза.

Сейчас нужно помыться, почистить зубы, потому что так говорит эта... демонка. Она, наверное, очень хочет меня наказать, только пока повода у неё нет, а придумать она почему-то не может, хотя чего проще?

— Доброе утро, мама, — говорю я, входя на кухню.

Она резко разворачивается ко мне, а я давлю в себе желание убежать. Почему-то здесь мне постоянно очень страшно, как будто боевая Элька куда-то испарилась, превратившись в дрожащую Лену. Даже саму раздражает это постоянное дрожание. Ну захочет помучить, чего заранее бояться? Пусть мучает, раз ей такое нравится. Демоны — не люди, потому что они демоны.

— Садись кушать, — недовольным тоном произносит она. Ну, мне кажется, что это недовольный тон, она-то может думать что угодно.

— Спасибо, — благодарю я, садясь к столу.

У меня специальная еда, не демонская, а для лёгкой пытки, наверное. После неё не рвёт, не тошнит и свет не выключается, но она безвкусная, как... как тапок измельченный. Раньше я бы такое и есть не могла, но теперь... Или я буду есть такое, или не буду есть вообще. Мне это очень чётко дали понять, поэтому приходится давиться этим самым.

— Завтра тебе надо начинать ходить в школу, — сообщает мне эта демонка. — И хорошо учиться.

— Да, мама, — вздыхаю я.

Я уже знаю, что выгляжу здесь иначе, знаю, что девочка, которой я была, оказалась игрушкой, которую сломали целых два раза, а потом в ней оказалась я. Она очень худенькая, потому что её не кормили, и долго ломали, время от времени наказывая так, что не выдержало сердце, но не выкинули, а принялись чинить. Понравилась игрушка, наверное.

Демонка, которая «мама», она высокая, тоже худая, у неё тонкие губы и синие глаза. Она постоянно красит лицо разными красками, чтобы казаться ещё страшнее. А у демона, который папа, глаза серые и взгляд добрый, хотя, может быть, я это себе только придумала. Демон — и добрый взгляд... Я точно это себе придумала.

Интересно, почему демонка злится? Она точно злится и хочет чего-то... Наказать, что ли? Или просто услышать мой крик? Не понимаю я её. Наверное, надо ей дать повод, пока она не придумала что-то сильно страшное. Или не надо давать? А если просто спросить её? Что было бы, если бы я историчку просто спросила, ищет ли она повод? Даже не представляю себе такую ситуацию.

Но демонка точно хочет что-то такое сделать, я же вижу. Была бы рабыней, не стала бы делать суп из игрушки... Или всё равно стала бы? Может, она не демонка? Надо её проверить, а если сломает, то пусть ломает сразу, потому что я устаю уже ждать. Жать, когда начнут ломать, просто невыносимо, поэтому, наверное, надо как-то подставиться. Ну, чтобы она... Может быть, случайно убьёт, и всё закончится?

Доев, я собираю посуду и кладу её в раковину, чтобы сразу же помыть. Фальшивая «мама» обретается за спиной, отчего вдвойне страшнее. А ну как ударит неожиданно? При этом больше боится само тело, я даже не знаю, как это объяснить, но я сама так не боюсь, мне сейчас, скорее, всё равно, что будет, а вот руки почему-то подрагивают. Интересно, что будет, если я разобью тарелку? Нет, страхом накрывает так, что в глазах темнеет.

Домыв посуду, поворачиваюсь к «маме», почти решившись. Она же кивает, улыбаясь, отчего опять накрывает волной страха. Интересно, что делали с игрушкой, которая теперь я? Отчего ей, то есть мне, так страшно? Воображение просто пасует, я и представить себе не могу ничего такого... Но нужно решаться, потому что от постоянного ожидания я могу и сама сломаться, а тогда будет просто мусорка, и всё.

— Мама, — с трудом взяв себя в руки, я всё-таки решаюсь, — если ты хочешь меня наказать, то не надо искать повод, можно и без повода же.

— Иди в свою комнату! — раздражённо говорит она, на что я киваю и делаю так, как она сказала.

Интересно, мне раздеваться, или демонка хочет всё сама сделать? На всякий случай я просто ложусь на кровать, ну, понятно как, только в такой позе мне не очень хорошо дышится. Я просто лежу и жду, а она всё не идёт, наверное, хочет, чтобы я подольше ожиданием помучилась. В школе так завуч делала, когда вызывала для специального наказания. Другие школьницы рассказали, меня-то пронесло, мне только в классе влетало.

Я лежу и жду, когда же она, наконец, придёт, чтобы сделать то, чего ей хочется, поэтому, когда слышу открывшуюся дверь, закидываю подол платья на спину и зажмуриваюсь. Страх волнами пронизывает моё тело, но я держу себя в руках, представляя, что лежу перед классом, поэтому нельзя показывать страх, чтобы не потерять авторитет.

Демонка подходит поближе, берёт стул, судя по звуку. Видимо, готовится, располагаясь медленно, с удобством, чтобы мне пострашнее было. А затем я чувствую прикосновение её руки ко мне. Она гладит подставленную для наказания часть тела и вздыхает.

— Ты же не принимаешь меня, — тихо произносит демонка. — И Васю не принимаешь... Ты ждёшь от нас подлости, боли, удара, зачем же ты вцепилась в нас тогда?

— Чтобы не выкинули... — отвечаю я, потому что она

ждёт ответа. — Чтобы если умереть, то быстро, а не медленно.

— Тебя так напугали в больнице? — негромко спрашивает фальшивая «мама». — Так напугали, что ты готова на боль и унижение, только чтобы тебя взяли? Ох, маленькая...

Она меня сгребает с кровати, чтобы прижать к себе. Гладит и молчит. Я тоже молчу, потому что не понимаю происходящего. Что она хочет со мной сделать? Задушить? Раздавить? В её интонации я уже не верю, поэтому их не анализирую. Что она со мной сделает?

Наказывать фальшивая «мама» меня не стала, даже не задушила, хотя я чего-то подобного ожидала. Она странная, не злая, но... странная. Мне трудно понять, как себя правильно вести с ней, поэтому иногда хочется просто расплакаться, но это ничего не решит и совсем не поможет, поэтому и незачем.

Вечером с работы приходит папа, который демон. Мне очень нужно выяснить один вопрос — о моих правах в школе, то есть должна ли я там оставаться игрушкой или же могу занять привычную позицию. Ну и, конечно, можно ли бить демонят? Может, они неприкасаемые... Но нужно правильно сформулировать этот вопрос, чтобы получить формальное разрешение, иначе стану мясом, а то ведь я школу не помню...

— Папа, можно спросить? — интересуюсь я после привычно безвкусного ужина.

— Спрашивай, — улыбается он.

Поначалу я пугалась этого оскала, не понимая, что он так улыбается, но затем привыкла, потому что за этим не следовало боли, значит, оскал улыбки безопасный. Я ещё раз продумываю, что и как хочу сказать, поэтому начинаю довольно осторожно.

— В школе возможна ситуация, когда одни не любят других, — осторожно формулирую я. — Можно ли мне в таком случае защищаться?

— Да, тебя же травили в школе... — почему-то вздыхает демон. — Если чувствуешь себя в силах, можешь делать всё, что хочешь. Нужно драться — дерись.

— А дем... мальчиков тоже можно? — я начинаю улыбаться, уже зная, что и как сделаю.

— Можно, — кивает папа, жестом остановив возражения «мамы». — Если для тебя это не будет слишком опасно, хоть всех побей.

Это меня удивляет — мне дали разрешение бить кого угодно, при этом ничем не пригрозили, не указали рамки, не запретили бить кого-то определённого. Это очень странно, может быть, школа отличается от того, что я помню? Ну, например, в ней надзиратели, и демон отлично знает, что, если я попытаюсь, меня саму натянут на барабан. Надо будет сначала присмотреться, ну и постараться делать так, чтобы взрослые демоны этого не видели, а если и увидят... В общем, нужно, чтобы верили мне, если я не хочу повторить судьбу игрушки. По сути, мне дали понять, что я — только их игрушка, а остальные сами виноваты. Что же, мне это подходит.

С этими мыслями я и отправляюсь спать, чтобы во сне опять плакать в мамочкиных руках, чтобы гладить своих младших и обниматься со Светкой. Я уже знаю, что школа, в которой я окажусь, другая, но ночью меня это не волнует, я обнимаю своих самых близких людей. Единственных близких, пусть их даже нет в демонском мире, главное же не это... Главное, что они есть хоть где-нибудь, пусть даже только в моей памяти.

Утром «мама» смотрит на меня странно, но я быстро съедаю свой завтрак, ведь у меня впереди бой. Я точно знаю, что драться придётся, но я готова, потому что устала от постоянного страха и хочу вцепиться в горло хоть кому-нибудь. Увидеть отголосок страха в глазах демонят, чтобы они заплатили за мои слёзы, за боль и за тоску. Это неправильно, даже, наверное, очень неправильно — так думать, но я просто устала уже.

Папа отвозит меня к школе на машине, хотя она недалеко расположена. После уроков меня тоже кто-то из них заберёт, чтобы я поначалу не заблудилась. Сумка полна учебников и странного вида тетрадей, вместо светового пера тут «шариковая ручка», мне долго пришлось учиться ею писать, но я справилась. А ещё я долго расспрашиваю демона о принятых в школе наказаниях. Оказывается, их нет, ну, обычных. А там, в кабинете у завуча или директора, что угодно может быть, конечно... Но обычных наказаний нет, поэтому мне не страшно. Я горю желанием отомстить, неважно, за что.

Оставив меня возле школы и ещё раз напомнив, что у меня — шестой «А» класс, папа уезжает, а я медленно поворачиваюсь к тому месту, которое мне разрешили хоть по кирпичикам разобрать. Сейчас мы покажем этим демонским отродьям, что такое настоящий страх. Я так устала бояться... Дома будет, конечно, расплата за всё, но она всё равно будет, а бить в школе я себя не позволю.

Школа представляет собой трёхэтажное прямоугольное, насколько я вижу, здание с довольно большими окнами. Преобладают коричневый и белый цвета. Я вхожу через распахнутую дверь уже привычного вида, мимо меня сразу кто-то пытается пробежать, так что подножку я ставлю просто рефлекторно. Ну что, демонята? Вот и Элька пришла, сюрпризы вам принесла...

— Девочка, тебя Леной зовут? — слышу я человеческой голос, поэтому поворачиваюсь спокойно. — Лена Семёнова?

— Да, — отвечаю я.

Передо мной стоит особь грушевидной формы с головой, увитой коричневыми кудрями. На круглом лице выделяются серые глаза, нос картошкой и улыбающиеся губы яркого красного цвета, как будто она только что напилась свежей крови. А что, вполне может быть.

— Меня зовут Антонина Сергеевна, — представляется человеческая особь. — Я — классный руководитель класса, где ты будешь учиться. Пойдём со мной.

Я иду за ней, хотя, что такое «классный руководитель», не понимаю. Впрочем, она человечка, значит, опасна несильно. Была бы опасной, разговаривала бы совсем иначе. А эта выглядит усталой, значит, точно не из демонов. Я поднимаюсь на третий этаж, прохожу по какому-то широкому коридору, по одной стороне которого полно открытых дверей. У каждой двери кучкуются дети и демонята вперемежку. Что они тут делают?

— Вот здесь наш класс, — улыбается Антонина Сергеевна. — Надеюсь, вы подружитесь.

— Конечно, мы обязательно подружимся! — радостно отвечаю я, улыбаясь так, что она начинает улыбаться в ответ.

Несмотря на то, что она не очень-то и опасна, она — учителка, кто знает, что у неё там в голове творится. Ещё приведет демона, тогда мало мне не покажется. Ну, а пока Антонина Сергеевна заходит в класс, сходу представляя меня, я же, как могу, добро улыбаюсь, осматривая тех, кого скоро буду бить.

Странно, никто не смотрит на меня с угрозой, скорее, заинтересовано. Неужели я сегодня никого не побью? Да не может такого быть! Это же школа! Модель общества, как говорит мамочка. Не фальшивая, а моя, настоящая, а она всё-всё знает. Значит, всё будет ожидаемо, просто они маскируются при учителке, значит, чем-то она опасна всё-таки. Потом узнаю, чем, а пока сажусь на указанное мне место, следя за тем, чтобы никто не сделал никакую пакость. Пакости здесь буду делать я!

ГЛАВА ДЕВЯТАЯ

Ощутив подёргивание за волосы, я резко разворачиваюсь, вырывая косу из руки какого-то демонёнка. Несколько секунд поглядев ему в глаза, молча бью в эту ухмыляющуюся рожу. Он замахивается в ответ, но я уже вижу врага. Остановив его кулак, так же молча бью ногой, потом ещё, ещё, пока кто-то, схватив сзади, не оттаскивает меня от свернувшегося в позу эмбриона демонёнка. И тут возвращаются звуки.

— Что ты делаешь?! Оставь его! — визжит кто-то в самое ухо, меня оттаскивают несколько рук, кто-то, кажется, пытается ударить, я бью в ответ, резко вырываясь.

Я отскакиваю к стене так, чтобы за спиной никого не было, опускаю голову, глядя вокруг исподлобья. Ну, идите ко мне, демонята! Сейчас я вас всех! Моя улыбка сейчас, наверное, здорово похожа на оскал. Сгрудившиеся вокруг человеческие и демонские дети почти синхронно делают шаг назад. А я очень хочу ещё хоть кого-то стукнуть.

— Что здесь происходит? — слышу я спокойный голос демона, понимая, что здесь и закончится моя жизнь.

— Витька её только... А она — бешеная как! И с ноги ещё! — принялась сдавать меня человеческая особь. Я смотрю на неё, запоминая предательницу. Выслуживается, падаль...

— Разошлись немедленно, — требует демон, которого я не разглядываю, зачем смотреть в глаза своей смерти? — Алексеев, встаньте, ваш театр ни на кого впечатления не производит.

Только что стонавший демонёнок делает обиженное выражение лица, вставая с пола, а я не двигаюсь с места, наблюдая за демонятами и изо всех сил представляя, что демона здесь нет, что он мне только кажется. Я так хочу, чтобы его здесь не было, поэтому, когда что-то серое появляется передо мной, просто зажмуриваюсь. Демон не подходит, он сначала просто молчит.

— Как тебя зовут? — мягко спрашивает он. Играет, как кошка с мышью, а мне становится всё страшнее, ведь неизвестно, как он отомстит за демонёнка.

— Лена, — выталкиваю я сквозь сжатые зубы, ощущая дрожь во всём теле.

— Лена, открой глаза, пожалуйста, — негромко просит он меня. — Я не причиню тебе вреда.

Я приоткрываю глаза, чтобы увидеть прямо перед собой лицо демона. Страшные серые глаза, кажется, готовы метнуть молнии, шерсть на лице стоит дыбом и мрачно сверкают очки. Он смотрит на меня, тянет свою лапу, будто хочет схватить, разорвать и съесть меня прямо здесь. Я чувствую, что сейчас усну, но в следующее мгновение понимаю, что нахожусь на руках этого страшного существа. Он меня куда-то несёт, наверное, есть...

— Девочка после операции, — слышу я человеческий голос, как только просыпаюсь. — Кроме того, в предыдущей школе её так затравили, отчего она и умерла там.

— Значит, могла думать, что защищает свою жизнь, — вторит ей демонский голос. — Учитывая, как она боялась, буквально, как загнанная в угол!

— Чем только её опекуны думали, — вздыхает человечка. — Рано её в школу...

— Я позвоню, — говорит демон. Я не понимаю, о чём он, но надеюсь на то, что пока есть не будут.

— Очнись, Леночка, открой глазки, — мягко произносит человеческий голос. Я делаю, как она сказала, ожидая увидеть себя на столе, среди салатов. — Да, сильно испугалась...

Демон и человечка разговаривают между собой, не трогая меня, не заставляя даже раздеться для наказания. Кажется, они считают, что я не виновата в произошедшем, и это меня несколько шокирует. Судя по их разговору, наказания заслуживаю не я, а кто-то другой. Но я же... Или всё дело в том, что я — чужая игрушка? И чужие игрушки у них ломать нельзя?

— Она очень испугана была, но дралась отчаянно, как в последний раз, — вздыхает демон, принёсший меня сюда. А куда это — «сюда»?

Я оглядываюсь, замечая демона и человечку в белых одеяниях потрошителей, как в учебнике, кроме того, всё вокруг выглядит, как маленькая палата с деревянным столом и местом, где я лежу. Я не знаю, можно ли мне вставать, и вообще, что можно делать, поэтому тихо лежу.

— Видимо, считала, что её опять хотят травить, вот и защищала свою жизнь, — соглашается с ним человечка в белом. — Возможно, она была не так уж и неправа.

— Возможно, — кивает демон, затем смотрит на меня, качает головой и уходит, а меня просто накрывает волной страха от этого его жеста.

Что теперь со мной будет? Впрочем, какая разница, что будет, я защитилась — это главное. Демонята понимают теперь, что я — не беззащитная игрушка, у меня есть зубы и когти, поэтому нападать поостерегутся. Ну а если нет — опять нападу. Я понимаю, что бить ногами за то, что дёрнули за косу, не очень хорошо, но это был демонёнок, а значит — нелюдь! Он вырастет и будет играть такими, как я, жрать их, урча от вожделения.

Может быть, если сейчас бояться будет, это хоть кому-нибудь в будущем жизнь спасёт?

Тогда я уже не зря всё сделала. Ну а что будет со мной... Рано или поздно всё равно убьют, потому что они иначе не могут. Интересно, что чувствовала та игрушка, когда готовилась стать варевом? Поняла ли она хоть что-нибудь? Или ей уже всё равно было? Ничего, у меня ещё будет возможность узнать это, может быть, даже сегодня. Представив себе в красках этот процесс, я... Внезапно выключается свет.

Когда возвращаются звуки, я понимаю, что заснула ненадолго, по крайней мере, мне так кажется. Я открываю глаза, но первая, кого я вижу — это фальшивая «мама». У неё в руке что-то продолговатое, отчего я понимаю: меня прямо сейчас начнут резать на суп. Или на жаркое... Или...

— В третий раз теряет сознание, — слышу я, когда возвращаются звуки. — Скорей всего, чего-то боится.

— Наказания она боится, — слышу я усталый голос той, кого я должна называть «мамой», чтобы не попасть в мусорку. — Почти замучили ребёнка. Теперь во всём видит...

Я задумываюсь... В голосах этих двоих мне чудится жалость. Они меня жалеют? Может быть, они жалеют, что не могут по какой-то причине меня наказать или помучить? Вот это, по-моему, больше похоже на правду. Люди в демонской школе не могут оставаться людьми, это просто невозможно, по-моему — значит, я права. Тогда почему даже дома фальшивая «мама» меня не наказала? Может быть, в ней осталось что-то человеческое? Но жалость невыносима, она даже хуже пытки, я не хочу, чтобы меня жалели! Пусть ненавидят, пусть пытаются сломать, только не эта липкая, противная, склизкая жалость!

Я опять дома. Фальшивая «мама» мне ничего не сказала, просто увела домой, и всё. Всю дорогу она ничего не говорит, я тоже молчу, потому что не знаю, что можно сказать, но понимаю, что нужно приготовиться к тому, что будет. Теперь-то она точно накажет, или дождётся демона, и они тогда вдвоём будут меня мучить или ещё что похуже делать. У демона есть много возможностей сделать очень больно, значит, нужно ждать именно этого.

Запал у меня уже прошёл. Можно ли считать мои действия местью, я даже и не знаю, потому что просто нет сил ни о чём думать. При этом фальшивая «мама» просто молчит, и всё. От этого становится страшно, да так, что я не могу себя успокоить. Странное ощущение всё не хочет меня покидать — кажется, что во мне живёт кто-то, кто просто боится всего на свете, и стоит мне расслабиться — живущее во мне начинает брать контроль над ощущениями...

Так как сидеть и бояться мне не нравится, я погружаюсь в себя, пытаясь представить, что где-то там, в глубине души, сидит Маришка или Дианка, которым просто страшно. Сразу у меня, конечно же, ничего не получается, но я чувствую, что нахожусь на верном пути. Ну а пока фальшивая «мама» зовёт меня обедать. Ну, она это так называет, потому что по вкусу завтрак, обед и ужин не отличаются. Они совершенно безвкусные, спасибо, хоть не особо горячие. Сейчас мне опять предстоит есть эту массу... Но лучше безвкусная масса, чем человек...

Я встаю, чтобы идти в сторону кухни. На самом деле я уже не боюсь эту демонку, потому что она не может сделать мне ничего. Почему я так думаю, совершенно неважно. А вот демон... Демон может меня сломать, но мне постепенно становится всё равно. Сегодняшняя жалость ударила меня сильнее самого сурового наказания. Мне даже помыться захотелось.

— Спасибо, — благодарю я за... еду.

— Скажи мне, ты испугалась того, что тебя будут бить? — интересуется фальшивая «мама».

— Пусть только попробуют, — стараясь не злиться, отвечаю я. — Пожалеют, что вообще подошли.

— Значит, ты хотела побить того мальчика? — спрашивает она.

— Именно его — нет, он просто первый напал, —

объясняю я. — Был бы кто другой, получил бы точно так же, да и получит ещё.

— Так нельзя, — качает она головой. — Ты неправа, нельзя сразу бить, подумай об этом.

Она действительно верит в то, что говорит? Она что, считает, что я должна смиренно ждать, когда меня будут дёргать за волосы, макать в унитаз, задирать юбку, поджигать сумку? Вот просто ждать, да?

— Вы меня можете убить, — отвечаю, откуда только смелость взялась. — Но втоптать в грязь не сможете!

— Иди в свою комнату! — вскакивает она.

Я убегаю, не понимая, что со мной происходит... Почему я вдруг такая смелая? Откуда у меня эти слова? Ведь я же боюсь эту демонку, просто до ужаса боюсь! Что произошло? Я буквально падаю на свою кровать, чувствуя, что внутри меня всё буквально дрожит. Хочется просто убежать и спрятаться. Стать маленькой-маленькой, невидимой, чтобы никто не нашёл. Страх становится сильнее, я прячу лицо в одеяле, пытаясь справиться, но не могу.

Что мне за это теперь будет — вот в чём вопрос. Фальшивая «мама» всё не показывается, отчего я чувствую себя так, как будто всё вижу через стекло какое-то, а сама летаю под потолком.

Я представляю себе, что весь мой страх — он не мой, а маленького огонька внутри меня, которого нужно успокоить и согреть. Наверное, мне просто нужно о ком-то заботиться, потому что жутко быть одной, ожидая каждую минуту, когда, наконец, мной начнут играть. Поэтому я полностью погружаюсь в себя и не слышу открывшейся двери, отчего голос той, о ком я только что думала, звучит, как взрыв, как то «вжух!», что унесло маму с сестрёнками.

— Тебе так нужно быть наказанной? — доносится от двери, отчего я вздрагиваю, зарываясь поглубже в одеяло. — Почему ты молчишь?!

Голос фальшивой «мамы» злой, раздражённый, а вырвавшийся из-под контроля страх почти парализует меня. Я знаю, что сейчас будет, я слышу злость в её голосе, поэтому хочу уже потянуться к платью, но не успеваю. Кажется, демонка сильно разозлилась, я чувствую злость в её голосе одновременно с ударом. На меня вдруг неожиданно обрушивается удар, от которого я вскрикиваю, стараясь подавить слёзы одеялом, заталкивая его себе в рот.

— Ты так хочешь этого, дрянная девчонка?! — страшно рычит демонка. — На! Получи! Получи!

С этим рыком она меня бьёт, только я не могу понять, чем. Как будто доской или чем-то подобным. Ощущения более слабые, чем в школе бывали, но от страха становится ещё больнее, ведь она рычит, как будто хочет впиться в меня зубами. Она бьёт не так сильно, хоть я и слышу необычный свист, но при этом не заставляет раздеться и не раздевает сама, а лупит прямо так... Наконец, фальшивая «мама» бросает на меня то, чем лупила, и, зарыдав, убегает.

По ощущениям — слабовато, наверное, просто опыта нет. Тут я понимаю, зачем демон взял игрушку — чтобы научить свою рабыню правильно наказывать. Наверное, в прошлый раз она просто убила игрушку, и я теперь как бы второй шанс? Приподнявшись, я смотрю на то, чем она меня. Это называется «ремень», его демоны носят на поясе. Теперь понятно, зачем они носят его — как бы плётка, которая всегда с собой. Но это даже наказанием нельзя назвать, демонка просто «выпустила пар», кажется, так это называется. Если меня будут так всегда наказывать, то бояться нечего.

Значит, в следующий раз я не буду бояться. Вот чего она заплакала? Этого я не понимаю. Ну побила игрушку, плакать-то чего? Правда, непонятно, чего, потому что она же ничего не сказала, значит, ей просто захотелось. Ничего, я переживу, и не такое переживали. Правильно я думала, что она врёт о том, что «никогда». Демонка — она демонка и есть, тут ничего не поделаешь, но теперь я хотя бы знаю, чего от неё ожидать.

И вот, когда я, потерев то, по чему прилетело, думаю о том, что демоны — очень странные и мучают как-то непонятно, дверь снова открывается. Фальшивая «мама» с заплаканными глазами входит в мою комнату. Я понимаю — она пришла сделать всё, как положено, поэтому просто киваю, поднимаю домашнее платье, чтобы правильно приготовиться, но тут демонка бросается на меня.

— Прости меня, Леночка! — обнимает она меня так, что дышать становится трудно. — Прости, я не знаю, что на меня нашло!

— Но всё же правильно... — не понимаю я, что нужно ответить. — Только ты неправильно наказываешь, я почти ничего и не чувствую.

— Прости меня... — просит она, я же глажу её своей рукой, хоть это и противно.

Ну, если ей так нужно извиняться, кто я такая, чтобы мешать демонке играть в её игры? Здесь всё игра — и семья эта, и «моя» комната, куда может войти кто угодно, и вот эти слёзы, фальшивые, как она сама. Демоны не могут быть правдивыми, не могут делать что-то хорошее, потому что они — демоны. А не люди.

ГЛАВА ДЕСЯТАЯ

Демоны, видимо, решили, что меня к их отпрыскам лучше не пускать. Непонятно, правда, почему они при этом просто не убрали проблему, но, наверное, моего демона всё устраивает, а остальные не могут сломать чужую игрушку. Наверное, это хорошо, хотя, может быть, и нет.

Как я ни ждала продолжения наказания, демонку я не дождалась, а спрашивать побоялась. Наверное, ей стыдно, что она меня плохо побила, ну, в другой раз наверстает. Я устала бояться, просто нет никаких сил. Съедят так съедят, всё равно без мамочки и сестрёнок жизни нет. Пусть и меня не будет, раз их нет... Кажется, у меня просто опускаются руки, потому что быть игрушкой, оказывается, очень тяжело, просто невозможно объяснить, как. Мне кажется, я просто не смогу быть такой игрушкой...

Огонёк внутри меня, кажется, тоже устал, а ещё ему очень грустно. Или это она? Не знаю, но у меня ощущение, что этот огонёк — кто-то совсем другой. Вот бы поменяться с ним местами и самой стать таким огонёчком, отгородиться от всего, и чтобы меня не было... Но так не получится, я знаю.

— Лена, ты будешь учиться дома, — сообщает мне демон, который папа. — В школу тебе ходить опасно.

Ну да, он же боится, что его игрушку кто-нибудь хрусть — и напополам. А так бы сразу от всего освободилась, но не судьба. Значит... Посмотрим, что будет. Загадывать уже не хочется, даже бояться не хочется... Я к маме хочу! К сестрёнкам! Я не хочу быть среди демонов! Не хочу! Ну зачем я тогда задержалась? Зачем?!

Ко мне приводят учителку. Ну, понятно, что это будет рабыня, ведь демон не пустит другого демона к своей игрушке. Эта учителка не сильно довольна тем, что будет меня чему-то учить, наверное, у неё есть занятия и поинтереснее, но рабыню никто не спрашивает — значит, будет мстить. Чего ещё я могу ожидать? Школа — это просто такой вид мучений, но я сразу же показала, что в школе буду грызть зубами, вот они и сменили мучение.

— Давай займёмся алгеброй, — говорит мне эта учителка, я же пытаюсь понять, что это такое. — Сейчас мы будем решать уравнения.

Уравнения я знаю, но что такое эта их «алгебра»? Наверное, это демонская математика, потому что у людей она просто математикой называется. Математикой чисел, математикой фигур, ну и так далее, а у демонов, видимо, всё совсем иначе. Почему у демонов иначе, понять можно — демоны же не люди. Нужно поднапрячься, не такие эти уравнения и сложные.

— Так, молодец, отлично решила, — кивает учителка. — Тебе будет домашнее задание на завтра.

Она мне показывает целую страницу, заставляя вздохнуть. Понятно всё: я буду пытаться выполнить невыполнимое, а завтра она меня накажет за недостаточное усердие. Демоны же, откуда у них понятие о честности и хоть какой-то справедливости? За математикой следует язык. И вот тут меня накрывает паникой. Она неожиданно поднимается откуда-то из глубины меня, я даже ничего не успеваю сказать, как свет уже гаснет.

— Я ничего не успела даже сказать! — слышу я человеческий голос училки с истерическими нотками.

— Девочка, просыпайся... — меня как-то очень ласково похлопывает по щекам какая-то, судя по голосу, человечка.

Я открываю глаза, понимая, что сейчас буду наказана. Отчего-то мне очень холодно, хочется плакать, и ещё сразу становится больно в груди. Перед глазами всё плывёт, как будто я уже плачу, поэтому человечку я не вижу — только пятно вместо неё. Но она что-то со мной делает, я не понимаю, что именно. Становится всё холоднее, как-то очень трудно дышать... Может быть, я умираю?

— Витя! — громко зовёт кого-то человечка. — Бери на руки и побежали.

— Побежали так побежали, — вздыхает какой-то демон. — Что случилось?

— Тебе не понравится, бежим! — командует человечка.

Я дышу и не могу надышаться, мне очень-очень холодно, я почти засыпаю, но мне не даёт эта человечка. Она бежит рядом с демоном и тормошит меня. Я почти и не замечаю, как мы оказываемся на улице. Человечка говорит что-то о подаче какой-то машины, но демон останавливается прямо возле контейнера, и я всё понимаю. Я очень хорошо понимаю: сейчас меня просто выкинут, потому что я сломалась. Нет! Убейте, только не мусорка! Не мусорка! Не надо! В этот самый момент, пока я кричу про себя, выключают свет.

— Сорок восьмая, кардиогенный шок, — слышу я напряжённый голос человечки, при этом со мной явно что-то делают, но вот что именно, я не понимаю.

— Поняли вас, — едва слышно доносится до меня.

— Потерпи, не умирай, — просит меня какой-то демон.

Над головой как-то очень отчаянно воет сирена, а я себя чувствую, как в банке — меня мотает и подбрасывает. При этом я совершенно не понимаю, что происходит. Такое чувство, что меня заставляют вдыхать, а сама я не могу. В это время человечка пытается кому-то объяснить, что не знает, откуда у меня какой-то шок, а перед моими глазами всё плывёт и голоса сменяются каким-то не очень приятным гулом.

Гул становится то громче, то тише, отчего я не понимаю, что происходит, а потом свет опять выключается, как будто его и не было. И становится так хорошо и спокойно на душе, просто тихо как-то, тепло, а ещё огонёк внутри меня совсем перестаёт бояться. Я же думаю, что, наверное, умираю, поэтому надо подготовиться к встрече с мамочкой и сестрёночками. Я уже изо всех сил готовлюсь, даже замираю в предвкушении, а пока плыву по чёрной речке, в которой так спокойно и хорошо. Что-то пытается вытянуть меня из неё, но я не даюсь, потому что не хочу.

В этой тёмной реке так хорошо, нет ни демонов, ни людей, ни учителок, просто совсем никого нет, только я и чёрная тёплая вода. Впереди я уже вижу что-то светлое, а меня всё сильнее начинает тянуть прочь из этой реки. А я не хочу! Не хочу возвращаться в демонский мир! Ну почему нельзя оставить меня в покое? Я хочу остаться здесь, пусть даже навсегда...

Попытки вытащить меня становятся всё активнее, в какой-то момент в меня бьёт молния. Одна, другая, это больно, очень больно, и я покоряюсь. Я поддаюсь той силе, что тащит меня прочь из этой реки. Снова наваливается тяжесть на грудь, что-то холодит онемевшие руки, но я покоряюсь и вдыхаю воздух, я вдыхаю, понимая, что меня вернули в жестокий мир демонов, чтобы мне снова быть их игрушкой, снова ждать наказания, снова бояться страшной мусорки...

Я лежу в палате, попискивает кардиомонитор, но это какая-то другая больница, здесь нет ни тёти Иры, ни бабы Веры. Здесь все другие, хотя разговаривают со мной ласково, но мне уже всё равно. Мне пытаются лечить сердце, а я всё чаще остаюсь в глубине себя, там, где сияет огонёк, которому почему-то больше не страшно. Наверное, та река забрала весь страх, ну или что-то ещё случилось.

— Странные симптомы, — вздыхает какой-то демон. — И непонятно, с чего вдруг шок.

— Ей жить незачем, коллега, — объясняет ему человечка. — Просто не за что зацепиться, видимо, приёмная семья так и не смогла...

— Учитывая их реакцию, неудивительно, — произносит тот, кто в этом мире зовётся «мужчина». — Не смогли они больного ребёнка принять, но нужно что-то делать...

— Савелия звать надо, — предлагает какая-то очень

сморщенная человечка, она даже более сморщенная, чем баба Вера.

Голоса удаляются, я снова остаюсь одна. Одной мне хорошо — никто не расспрашивает ни о чём, не пугает, не хочет съесть или выкинуть. Мне не скучно, потому что я вспоминаю свою жизнь, мамочку и сестрёночек. Мне кажется, вся моя жизнь концентрируется в этих воспоминаниях, а что происходит снаружи — ну, в палате — уже не так важно.

Проходит неделя, за ней ещё одна, я послушно принимаю лекарства. Оказывается, круглые белые шарики — это не еда, а лекарства. Сначала я хочу их выплюнуть, а потом просто проглатываю. Какая разница, что со мной будет? Мне уже всё равно. А ещё демон и его демонка обо мне будто забыли — совсем не приходят. Наверное, выкинули и забыли, а меня зачем-то спасли. Постепенно я привыкаю к мысли, что их больше не будет. От этой мысли немного грустно, но не сильно.

— Давайте, вы расскажете, а мы посидим, понаблюдаем? — предлагает кому-то знакомый голос человечки.

— Очень хорошая мысль, — вздыхает кто-то человеческим голосом. — Кто знает, как отреагирует...

Я понимаю, что человечки хотят рассказать, что со мной будет. Ну, мусорка, или съедят, или ещё что-то такое случится. Ещё совсем недавно я бы не хотела этого знать, а сейчас что же, сейчас мне уже всё равно. Хочется только, чтобы поскорее всё закончилось, потому что нет уже сил находиться среди демонов.

Здесь ещё наказания странные — иглой наказывают. Переворачивают, втыкают иглу, от которой больно до слёз. И так делают каждый день, отчего я к этой сильной боли уже начинаю привыкать. Они не говорят, за что наказывают, но больно после этого весь день, а наутро всё начинается по новой. Наверное, так здесь принято мучить, чтобы я снова боялась и стала более привлекательной игрушкой.

Но вот в палату входят две человечки, причём одна явно побаивается. Наверное, её недавно сильно наказали, после сильных наказаний некоторое время очень страшно, я знаю это. Впрочем, речь сейчас не об этом, она хочет же мне что-то сказать, хоть и боится. Нужно подождать.

— Леночка, постарайся не плакать, — сообщает мне боящаяся человечка. — Выслушай меня, пожалуйста.

— Я слушаю, — спокойно отвечаю я, глядя в потолок. Я приму свою судьбу, какой бы она ни была.

— Твои опекуны... — человечка явно подыскивает слова, но я решаю ей помочь, потому что всё уже понимаю и так.

— Они меня выбросили, — это не вопрос, я просто констатирую факт. Да я даже благодарна этому демону и его рабыне — он не выкинул меня сразу в мусорку, хотя мог, конечно. — И что теперь?

— Теперь... Теперь после выписки ты поедешь в детский дом, — сообщает мне человечка. — Но тебя там не будут мучить и издеваться, у тебя будет своя комната и...

— Это неважно, — отвечаю я. — Что бы ни было, это неважно... Я скоро умру?

— Ты не умрёшь, — отвечает мне целительница.

Страшнее новости она мне принести не могла. Я опять не умру! Ну почему, за что?! Почему нельзя меня просто отпустить? Что я кому такого плохого сделала? Сейчас мне хочется заплакать, но почему-то не плачется. Вот совсем-совсем не плачется. Просто нет сил, поэтому я под громкий писк кардиомонитора закрываю глаза. Мне совершенно всё равно, что здесь происходит, я просто стремлюсь в ту чёрную реку, в которой так хорошо и спокойно, я стремлюсь, но мне не дают... Демоны — страшные нелюди...

Меня снова возвращают, снова лечат, но мне действительно незачем жить, и я вижу, как устают от меня целители. Они уже и хотели бы избавиться, но что-то не даёт им меня просто выкинуть. Наконец, в какой-то момент приходит демон с длинной белой шерстью, растущей из лица. Он кажется мне чем-то похожим на того доброго демона из сна.

— Ты меня боишься? — спрашивает демон. — Можешь звать меня дядькой Савелием.

— Нет, уже не боюсь, — честно отвечаю ему.

— Тебе всё равно? — понимает «дядька Савелий». — Из-за того, что тебя предали?

— Нет, — качаю я головой. — Я не хочу здесь, среди демонов, для кого я — только игрушка, я к маме хочу.

И вот тут, впервые в этом мире, меня начинают расспрашивать. Я рассказываю о нашем мире, о деревне под двумя лунами, о Барьере и демонах. Дядька Савелий очень внимательно слушает, особенно ему интересно узнать, почему я считаю «мужчин» демонами, и я рассказываю ему, как в учебнике написано. Он гладит меня по голове, и это приятно, а потом поворачивается к демону, которого я сразу и не заметила.

— Точно не бред, — качает тот головой. — Детали, связность, ну и некоторые нюансы ещё. Не бред, возможно, галлюцинация...

— Возможно, — кивает дядька Савелий. — Вот только живёт она тем миром, так что...

— Да, ты прав, — отвечает ему другой демон. — Я дам заключение.

Они некоторое время разговаривают между собой о каких-то бумагах, я всё равно не понимаю, о чём они говорят, поэтому и не прислушиваюсь, затем тот, второй уходит, а дядька Савелий остаётся.

— Есть на свете место, где нет демонов, — объясняет он мне. — Там живут мужчины и женщины, но они совершенно точно не демоны, понимаешь?

— Такого не может быть, — качаю я головой. —

Демоны только и ждут, чтобы поиграть мной, а демонки хотят побить.

— Хочешь сама посмотреть? — улыбается он.

— А мусорка там есть? — интересуюсь я, повернув голову к нему. — Ну, контейнер.

— Нет, контейнера нет, — качает головой демон. — Так как, поедешь со мной?

А я задумываюсь. Я же ничего не теряю? Ну, обманет он меня, будут мной играть, но раз мусорки нет... А вдруг и о мусорке обманывает? Ну и что... Обманывает, значит, обманывает. Здесь меня ждёт какой-то «детский дом» — не знаю, что это такое, а у него там, может быть, смерть.

— Поеду! — решительно произношу я.

ГЛАВА ОДИННАДЦАТАЯ

Демонская семья меня больше не хочет, это хорошо, потому что играть они мной больше не будут, зато меня забирает дядька Савелий. Ему меня как-то очень быстро отдают, ну и я соглашаюсь, конечно, потому что «детский дом» — это место, где держат никому не нужные игрушки. Ну, вдруг кому-то понадобятся — помучить, или демон какой проголодается. Дядька Савелий же обещает, что кушать меня не будут и мучить, наверное, тоже. Ну, это сказки, конечно, а вот то, что кушать не будут, — это хорошо. Может быть, я быстро умру, и всё закончится.

— Ну что, готова? — спрашивает меня дядька Савелий, как-то мягко подхватывая меня на руки, потому что я почти не хожу сама — просто не хочу.

— Готова, — спокойно отвечаю я, пытаясь оценить свои ощущения.

Я же большая, а он меня несёт так, как будто я вообще ничего не вешу. На мне надето платье голубого цвета, как небо, гольфы белые и сандалии. Совсем незаметно наступило лето, поэтому школы три месяца не будет, это называется «каникулы», а у нас каникулы длились максимум неделю... Но это и хорошо, потому что не надо в школу. Никто не будет меня пугать и бить тоже.

Дядька Савелий сначала относит куда-то вниз сумку с моими вещами — их немного совсем, потому что демоны же... Но это очень хорошо, зачем мне много вещей, если я всё равно временная игрушка? Он, значит, отнёс мои вещи, а сейчас несёт меня по коридорам больницы. Мне почему-то дядька Савелий кажется надёжным и каким-то тёплым, а всё вокруг будто припорошено снегом. Странно так, прошла зима и весна, а я этого даже не заметила. Но сейчас лето и тепло, поэтому я легко одета.

Я отворачиваюсь от мира, прижимаясь лицом к рубашке этого странного демона, просто не хочу никого и ничего видеть. А дядька Савелий, судя по звуку, садится в машину, как-то умудрившись не выпустить меня из рук. Машина рычит двигателем и трогается с места, увозя меня из прежней жизни туда, где меня перестанут, наконец, оживлять и дадут уплыть спокойно.

— Ничего, малышка, не ты первая, — как-то очень мягко звучит его голос, он совсем не пугает меня, отчего я и не дёргаюсь. — И дети, и взрослые, бывает, жить не хотят...

— И тогда их в котлеты? — интересуюсь я.

— Вот чего ты мясо не ешь... — хмыкает дядька Савелий. — Из людей нельзя делать котлеты, малышка. Это запрещено, по крайней мере, у нас.

Я понимаю: там, куда он меня везёт, людей никак не едят, даже демоны. Это заставляет меня улыбаться, совсем чуть-чуть, но заставляет. Как-то спокойнее становится на душе, уже не так всё равно. В этот момент машина останавливается, и дядька Савелий аккуратно вытаскивает меня, а я крепко зажмуриваю глаза. Затем он куда-то идёт, поднимается по ступенькам, поворачивает, а затем укладывает меня на что-то достаточно мягкое.

— Вот здесь мы поживём, пока ехать будем, — сообщает он мне, и я открываю глаза.

Я нахожусь в странной комнате... или палате? Нет, всё-таки в комнате. Она маленькая очень, тут две кровати необычного вида, столик между ними и... и больше я ничего не вижу, только дверь, которая сейчас открыта. Наверное, неправильно в платье лежать, надо раздеться, но у меня нет сил. С той же силой, с которой раньше накатывал страх, теперь меня охватывает слабость. Я чувствую себя очень слабой, просто невозможно рассказать, какой.

— Полежи немного, полежи, — дядька Савелий чуть сдвигает в сторону мои ноги и садится рядом на кровать.

— Это вагон, мы находимся в поезде. Ехать нам три дня, маленькая, поэтому ничего не бойся.

— Хорошо, — киваю я, чувствуя, как меня охватывает безразличие.

— Скоро мы двинемся... — негромко произносит он. — Скажи, а как тебя звали там? Я никому не скажу, обещаю. И не использую это знание против тебя.

— Элька... — шепчу я, потому что мне уже всё равно.

— Элька... — повторяет дядька Савелий. — Тёплое имя. Спасибо тебе за доверие.

За доверие? Я даже привстаю, глядя ему в глаза. Я не вижу там насмешки — он что, действительно так считает? Кажется, да... Какой-то очень необычный демон, получается. Дядька Савелий же начинает мне о чем-то рассказывать. Просто так, но я понимаю, что рассказывает он мне.

— Когда-то очень давно по этой земле прошла страшная война, — говорит он, поглаживая меня. — Сюда пришли звери, они убивали людей и детей только за то, что те родились. Но потом их прогнали, а выжившие дети остались...

— Звери не всех замучили и убили? — удивляюсь я.

— Не всех, — качает он головой. — И вот этих потерянных, не понимающих, как теперь жить, детей собирали взрослые, желавшие их согреть. Могли ли малыши доверять им?

Я вижу бегущую по его щеке слезу. Я чувствую, он говорит правду, значит... Неужели одним из этих малышей был дядька Савелий? Если это так, то он может понять, что чувствую я... Тогда, получается, он не демон? Или демон? Или недемонский демон? Может ли так быть, что он это пережил?

— А ты был одним из них? — спрашиваю его я, не в силах ответить на все роящиеся в голове вопросы. — Тебя убивали?

— Нет, маленькая, — отвечает он мне. — Мою сестрёнку убили, а меня просто мучили, уже и убить хотели, но *наши* успели меня спасти. Хотя как и зачем мне жить без сестрёнки, я не понимал.

Тут я начинаю осознавать: я не понимаю, о чём он говорит. А дядька Савелий рассказывает мне, как было страшно, когда были звери. Они страшнее демонов! Страшнее! Его маленькая сестрёнка умирала несколько дней после того, как звери что-то с ней сделали, а дядька Савелий до сих пор её помнит и говорит о ней так, что я просто плачу. Куда-то девается моё безразличие, ведь он говорит о своей сестрёнке, умершей очень-очень много лет назад, так, как будто она — единственная в его жизни до сих пор. И я не понимаю, ведь он же — демон! Для него люди — это мясо, как он может так чувствовать и до сих пор любить... человека? Как это вообще возможно, как такое случиться могло? А дядька Савелий рассказывает мне о тех детях, которых похитили звери, как им было страшно, как было больно, и я вдруг понимаю: даже представить себе подобное невозможно! Я бы в том «лагере» не прожила бы и дня, ведь там было жутко... Никакой демон не может с этим сравниться, никакой!

Я плачу от его рассказа, но почему-то не засыпаю, а просто плачу. А дядька Савелий всё рассказывает и рассказывает. Я, сама не замечая как, переползаю к нему поближе, он обнимает меня, продолжая рассказывать, а я начинаю понимать, почему он мне сказал спасибо...

Проплакавшись после рассказов дядьки Савелия, я засыпаю. Не так, как будто выключили свет, а просто, обычно засыпаю, но перед этим он помогает мне снять платье и укрывает одеялом, которое достаёт откуда-то с верхней полки. Почему-то дядька Савелий обходится со мной очень мягко, ласково, как мамочка, отчего мне не хочется думать, что я — игрушка.

Я сплю и вижу мамочку во сне. Она обнимает меня, гладит, а я так хочу к ней, пусть даже её нет, но я так хочу... Пусть даже дядька Савелий очень хороший, получается, но я хочу к мамочке! Мама молчит и только гладит, а в глазах у неё слёзы. Потом появляются сестрёнки, они тоже молчат, но обнимают меня, отчего я опять плачу, я зову их, а вокруг встаёт что-то большое, серое, страшное, как в рассказе дядьки Савелия.

И только перед самым просыпанием я слышу демонский голос. Я знаю его, он был уже в моих снах, и вот он уговаривает меня, рассказывая, что осталось совсем мало, ещё только чуть-чуть потерпеть, и тогда однажды я увижу мамочку. От этого я опять плачу, а потом чувствую, что как будто плыву. Я медленно просыпаюсь, слыша песню. Дядька Савелий поёт, потому что это его голос, он поёт о том, что все вокруг должны спать — и дети, и дяди, и тёти. От его голоса и песни становится спокойно... Я заслушиваюсь и снова засыпаю, на этот раз даже без снов.

Проснувшись, обнаруживаю, что подушка вся мокрая, а дядька Савелий сидит рядом и гладит меня по волосам. Я приоткрываю глаза и замечаю, что он смотрит в окно, а на его лице такая тоска, какой у демонов и быть не может. Я просто замираю и, наверное, этим выдаю себя. Выражение его лица меняется, дядька Савелий будто с трудом берёт себя под контроль.

— Проснулась? — интересуется он. — Кушать хочешь?

— Немножко, — признаюсь я, вдруг почувствовав голод.

— Сейчас поснедаем, — не очень понятно говорит дядька Савелий. — В больнице рассказали, что тебе можно, а чего нельзя, поэтому есть будем понемногу, хорошо?

— Хорошо, — киваю я.

Мне интересно, конечно, будет ли он меня мучить так же, как демон со своей демонкой, поэтому я жду, что будет. А дядька Савелий, чему-то улыбаясь, достаёт что-то круглое, белое, на яйцо похожее, потом ещё хлеб, кажется, хотя такого я ещё не видела, и начинает что-то делать.

Наша комната покачивается, за окном мелькают деревья, но я не вглядываюсь, уже привыкнув к мерному постукиванию колёс. Мне кажется, будто я давным-давно еду, хотя это, конечно, не так. Я решаю не думать о том, что будет, потому что от меня это не зависит. Моё безразличие смыл моими же слезами рассказ дядьки Савелия, теперь мне немного любопытно, но почему-то не страшно.

Еда не такая, как в больнице или у демонов. Она очень вкусная, хотя дядька Савелий и говорит, что может быть пресновато, но мне всё кажется каким-то очень вкусным, даже не знаю, почему. Мы едим в молчании, потому что нельзя разговаривать, когда ешь, ну так дядька Савелий говорит.

Мне кажется, он не демон. Не может демон так смотреть и с такой болью говорить. Я же вижу: ему больно, просто очень. И мне тоже больно, потому что я к маме хочу, мне даже кажется, он понимает меня. Понимает, что я чувствую, и почему совсем-совсем не хочу здесь быть. Наверное, лучше мне совсем не быть, но так нельзя, потому что нельзя, и всё, хотя я же ненужная...

— Ну зачем я тут? — не выдерживаю я, когда наш завтрак съеден. — Я же никому не нужна!

— Кто тебе такое сказал? — удивляется дядька Савелий. — Ты мне нужна.

— А зачем? — задаю я вопрос, хотя раньше бы не стала, потому что понятно же, зачем демонам игрушки.

— Чтобы жила, улыбалась, дышала и задавала такие вопросы, — отвечает он мне, а я пытаюсь понять, что это значит.

— Честно-честно? — вырывается у меня. Я на самом деле не хотела так жалобно говорить!

— Конечно, малышка, ведь иначе не может быть, — я как-то внезапно оказываюсь в его объятиях. — Ты не одна.

И звучит это как-то необыкновенно, потому что я же привыкла к тому, что я одна, а теперь вдруг оказывается, что я не одна. Я закрываю глаза, прислушиваясь к себе, но слышу только мерный перестук колёс поезда, сквозь который слышится «тук-тук» сердца этого необыкновенного человека. Мне отчаянно хочется поверить в то, что я не одна, но и страшно одновременно, потому что он же... ну, выглядит, как демон. А вдруг он меня хочет обмануть и съесть?

Я и сама почти не верю в это, но всё равно не могу понять, почему он со мной так обходится. Он — как будто мама, хоть и выглядит, как демон. Заботится, рассказывает, гладит тоже, обнимает ещё... Но он меня обнимает совсем не так, как демонка, мне почему-то тепло оттого, как он обнимает меня. Меньше к маме я от этого не хочу, но вот здесь и сейчас мне просто тепло.

— Главное — надеяться на чудо, и тогда оно обязательно придёт, — говорит он мне, с ходу начав рассказывать сказку.

Сказка о том, как человечку мучили другие люди, вовсе не демоны, а люди, меня увлекает. Дядька Савелий рассказывает мне о том, как человечке Золушке давали невыполнимые задания и смотрели, чтобы она была занята, а потом ругали и, наверное, наказывали за то, что она не выполнила. И мне вспоминается наша школа — историчка, географичка, математичка. Они очень похожи на старших сестёр этой самой Золушки.

Она хочет поехать на бал, правда, я не знаю, что это такое. И вот тогда появляется волшебство, настоящее чудо. Фея даёт возможность человечке отправиться на бал, где она встречает принца-демона. И этот самый демон не хочет её мучить, а совсем наоборот. И она не боится его, хоть и убегает в конце. Принц-демон ищет Золушку и, конечно, находит, потому что у них «любовь». Вот это слово мне совсем непонятно в сказке, поэтому я прошу дядьку Савелия объяснить мне его.

— Ну да, — кивает он, погладив меня по голове, — если нет мужчин, откуда бы тебе знать... Хотя должно было замениться...

— А что это значит? — спрашиваю я.

И вот тут оказывается, что природа не терпит

пустоты. У нас должны быть пары, потому что это в природе человека, а раз нет, значит, кто-то целенаправленно не даёт им создаться. А кто это может быть? Правильно, Старшие Сёстры. Правда, совершенно непонятно, зачем это им может быть нужно. Дядька Савелий в ответ на мой вопрос обещает подумать, ну а пока он рассказывает мне сказку, которая оказывается очень счастливой в конце, несмотря на демона. Значит, демоны не обязательно постоянно жестокие?

ГЛАВА ДВЕНАДЦАТАЯ

Мы едем уже третий день, наверное, скоро приедем. Я привыкла к мысли, что дядька Савелий — не демон. Он такие сказки знает! Я никогда таких не слышала, просто совсем никогда! И про Белоснежку, и про Красную Шапочку, и про Рапунцель... А Морозко... Я слушаю его, затаив дыхание, потому что это просто какой-то другой мир. А ночью мне снится, что я прошу кого-то отвести меня к маме, и он соглашается, поэтому я просыпаюсь, улыбаясь.

Мы едем уже третий день, а я, кажется, не боюсь. Сама не понимаю, почему, но я, кажется, верю дядьке Савелию. А может быть, я просто уже устала бояться? Прямо как в сказке — я же ничего не могу изменить, значит, незачем и нервничать. Ну, мне так кажется, хотя на самом деле я, конечно, просто как-то очень быстро привыкаю к тому, что дядька Савелий — хороший, и ему совсем не всё равно, что будет со мной. Правда, почему так, я не знаю... Интересно ещё, как меня примут там, куда он меня везёт... Но дядька Савелий обещал, что мучить и есть меня никто не будет, и я ему почему-то верю. Сама не знаю, почему.

Наверное, он меня везёт в такое место, куда люди сумели спрятаться от демонов, а теперь и меня спрячут, потому что я — хорошая. Дядька Савелий говорит, что я хорошая, вот. А ещё я просто расслабилась. От вкусной еды, хоть он и называет её простой, но она такая... необыкновенная просто. От сказок, от разговоров... Дядька Савелий меня ни в чём не убеждает, он только разговаривает о разном. Рассказывает о мире вокруг нас, о птичках, зверях, даже о людях.

Мир, оказывается, такой сложный и жутко интересный. А сегодня прямо с утра дядька Савелий начинает мне рассказывать о демонах, каких-то «ангелах» и о том, как в мире устроено всё. Только демонов он чертями называет, но я же понимаю, о чём он говорит. Вот я и слушаю, потому что это интересно, хоть и вовсе не сказка получается.

— Зло любит называть себя добром, — говорит мне дядька Савелий и сразу же рассказывает сказку о том, как демон изображал из себя ангела, но всё равно не мог делать добрых дел, поэтому его обман сразу же раскрыли.

— Значит, может так быть, что злая тётя сказала, что она добрая? — интересуюсь я, вспоминая школу.

— Может быть, — кивает дядька Савелий и опять рассказывает историю о том, как один демон притворился, что несёт добро людям, люди ему поверили, а потом...

Я слушаю, что случилось потом, и чувствую, что сейчас расплачусь. Потому что сжигать людей во имя добра... даже детей! Это как-то очень по-демонски, мне кажется. А ещё он рассказывает мне, чем это закончилось спустя годы, а я всё чаще возвращаюсь мыслями к тому, что произошло в нашем мире и что случилось после. Ведь в школе очень даже больно делали, разве так правильно?

— Скажи, а если делают больно, чтобы дети лучше учились — это правильно? — интересуюсь я.

— Это неправильно, Элька, — отвечает мне дядька Савелий. — Когда-то давно и у нас делали так, били учеников розгами, это такие пруты. Но затем люди увидели, что страх понимания не добавляет, и прекратили.

— Что это значит? — не понимаю я.

— Вот представь, — предлагает мне он. — Тебя бьют за то, что ты что-то не выучила, не поняла, не разобралась. Это очень больно, а дети боли не любят. Я тебе по секрету скажу: никто боли не любит.

Что тут представлять? У нас в школе так и было, только это называлось «наказанием», и били специальной тонкой палкой, от которой хотелось выть. А ещё мне вспоминается Светка — у неё мама умирала, а учителки её били, как демоны какие-то! Я киваю дядьке Савелию, говоря тем самым, что представила, хотя на самом деле просто вспомнила, даже закрыться захотелось. Но закрываться нельзя, только хуже будет...

— Представила, значит, — он гладит меня по голове, хотя ему это непросто, потому что я же прижимаюсь к нему. — Тебе будет страшно сделать ошибку, но это вовсе не значит, что ты поймёшь науку. Ты заучишь тему наизусть просто от страха, но её не поймёшь, что скажется потом, ведь так?

— Да-а-а-а... — тяну я, припоминая и свой опыт, и моих младших. Сколько раз мне хотелось лечь под палку вместо них, защитить хоть так, жаль, что это нельзя было.

— Это неправильно, Элька, — улыбается дядька Савелий. — Нужно, чтобы ребёнок понял, а не боялся, понимаешь?

Я медленно киваю, задумываясь о том, что, наверное, учителкам надо было, не чтобы мы понимали, а что-то совсем другое. Дядька Савелий не отвлекает меня от раздумий, он ждёт, пока я додумаю свою мысль. А ещё он меня зовёт ласково Элькой, но только наедине. Когда мы идём в вагон-ресторан, дядька Савелий обращается ко мне как к Леночке, будто чувствует мой страх раскрывать своё имя посторонним. И я благодарна ему за это.

— Но зачем может быть нужно, чтобы ребёнок

боялся? — интересуюсь я, не в силах разобраться с этим вопросом самостоятельно.

— Например, чтобы он не задумывался над чем-то или не рассуждал, — отвечает дядька Савелий. — Трудно же задумываться, когда тебе страшно?

Я киваю и снова вспоминаю свою школу. Что от нас требовали? Заучивания классификации демонов, карты, языки мёртвые и расчёты. Что это может значить? Например, мы не должны были задумываться, почему демоны именно демоны, ведь в истории, как я сейчас понимаю, много нестыковок. Тут я себя останавливаю, потому что ещё немного, и я подумаю, что демоны не нападали, а наоборот, старались спасти, а ведь такого же быть не может, ведь они же демоны, а не люди.

Или всё-таки может? А если может, то, получается, что настоящие демоны — это Старшие Сёстры, которые управляют нашим миром. От этой мысли у меня начинает болеть голова, и я всхлипываю, дядька Савелий гладит руками мою голову, на что-то нажимает, и голова проходит. Выглядит, как чудо.

— Вспомнила что-то, — понимающе кивает он мне. — Не думай пока об этом, вот доедем, поговоришь с матушкой игуменьей да с батюшкой, они тебе получше растолковать смогут.

С «матушкой»? Не понимаю, меня опять хотят кому-то отдать? Я не хочу! Я понимаю, что меня не спросят, но не хочу изо всех сил, отчего делаю дядьке Савелию, кажется, даже больно.

— Ну что случилось? — спрашивает меня он. — Чего ты так испугалась?

— Не отдавай меня никому, — прошу я, кажется, очень жалобно.

— Малышка, «матушка» и «мама» — это разные люди, — дядька Савелий как-то очень быстро понимает, о чём я говорю. — Я тебя никому не отдам, не бойся, а матушка... Она всем матушка, но мама у каждого своя, понимаешь?

Я качаю головой, честно признаваясь, что не поняла, на что он только вздыхает и начинает объяснять мне, что именно имеет в виду. И вскоре я опять сижу с открытым от удивления ртом.

Поезд замедляет движение, значит, скоро остановится. Дядька Савелий улыбается очень по-доброму, но уже раза три мне напомнил, чтобы я ничего не пугалась. А я просто замираю в напряжённом ожидании, потому что мне интересно же. Заметила, кстати, что за эти три дня свет не выключался ни разу, да и я почти перестала бояться, но всё равно очень хочу к мамочке и сестрёнкам, просто до слёз хочу.

Я с ними каждую ночь, иногда приходит ещё тот

добрый демон, который, наверное, не демон вовсе, потому что он единственный говорит со мной во сне. Он меня на руках держит, как маленькую, вытирает мне слёзы и уговаривает ещё немного потерпеть. Он какой-то родной... Ну, мне так кажется.

Дядька Савелий объяснил мне, что для того, чтобы родился хоть кто-нибудь, только девочки недостаточно, нужен и мальчик, я это пока просто запоминаю, потому что можно подумать об этом потом. Нас будут встречать, мне очень интересно, как меня примут встречающие, может, я им не понравлюсь совсем, а дядька Савелий говорит, что я глупая. Ну, может, действительно глупая, но интересно же. И почему-то не страшно... ну, почти. Огонёк внутри меня тоже горит ровно, отчего мне спокойно и тепло, как будто за эти три дня дядька Савелий меня... согрел?

Поезд идёт всё медленнее, за окном лес. Просто лес, и всё, отчего становится вдвойне интересно — а где деревня? Хотя, если они от демонов спрятались, то это правильно, что не видно, чтобы демоны их не нашли. Сейчас у нас послеобеденное время, но по вагону никто не ходит, отчего я не пугаюсь других...

— Пойдём, Элька, — ласково произносит дядька Савелий, хотя поезд ещё не остановился.

— Мы на ходу прыгать будем? — удивляюсь я, на что он тихо смеётся.

— Поезд стоит здесь две минуты всего, — объясняет

мне дядька. — А тебе быстро ходить пока не нужно, тебе совсем недавно очень плохо было.

— Как будто в другой жизни, — признаюсь я, будучи немедленно поглаженной по голове. Это так приятно, когда дядька Савелий гладит, очень ласково он это делает, даже не знаю, почему так.

— Вот и хорошо, — кивает он мне. — Пойдём к выходу.

Я выхожу из комнаты, которая называется «купе», и иду вдоль узкого коридора, держась за поручень, потому что так дядька Савелий сказал, а я — послушная девочка, потому что хорошая, это тоже он, кстати, сказал. Поэтому я иду в самый конец, там находится «тамбур», выход и переход в другой вагон. В другой вагон мы уже ходили, когда дядька Савелий меня обедом кормил, потому что суп нужен, для меня его специально сварили! А теперь надо двигаться к выходу.

Поезд с лязгом останавливается, человечка в синем открывает дверь, и я осторожно, держась за поручень и глядя под ноги, начинаю спускаться, но не успеваю. Какая-то сила меня сдёргивает со ступенек, прижимая к чему-то мягкому. Раньше я бы испугалась, а сейчас сначала смотрю, кто это?

— Здравствуй, малышка, наконец-то вы добрались! — незнакомая человечка прижимает меня к себе, и столько радости в её голосе, как будто она моя мама! — Как доехала, моя хорошая?

Она же не обманывает! Эта незнакомая человечка действительно мне рада, хотя ни разу в жизни не видела! Как такое возможно? А эта незнакомка обнимает меня, держа на руках, я же смотрю на неё и ничего не могу сказать, только чувствую, как слёзы текут по щекам.

— Здравствуй, Агриппина, — слышу я голос дядьки Савелия. — Осторожнее с малышкой, у неё сердечко больное.

— Здравствуй, Савелий! Как добрались? — интересуется названная диковинным именем. — Не бойся, сохраню я нашу лапочку.

Она с такой лаской произносит это слово, что я просто плачу, потому что не могу удержаться. Меня будто затопляет теплом всю, как будто я в тёплой реке плыву, только она не тёмная... Но ведь эта Агриппина никогда меня не видела, почему она со мной так, как с родной? Почему?

— С Божьей помощью, — отвечает ей дядька Савелий, а потом уже и ко мне обращается: — Не бойся, Леночка, — гладит меня уже такая знакомая рука. — Агриппина тебе не сделает ничего плохого.

— Но... почему? — с трудом формулирую я вопрос.

— Потому что мы — люди, маленькая, — улыбается она мне. — Мы — люди, понимаешь?

И тут мне вспоминается такой же Светкин вопрос. И мой ответ: мы люди, а не демоны. Значит... Здесь точно так же, и я уже чья-то, но не собственность, не игрушка, а как Светка у нас была, да? Я замираю на руках Агриппины, куда-то меня несущей. Она расспрашивает дядьку Савелия, не забывая как-то очень тепло обращаться и ко мне, а я смотрю на неё во все глаза, не понимая, что произошло. Наверное, у Светки были такие же чувства, когда её обнимала мама. И что было для меня вполне естественным там, оказалось настоящим волшебным чудом здесь. Просто чудом…

Агриппина совсем не выпускает меня из рук, куда-то усаживаясь. Она поглаживает меня, рассказывает, как все обрадуются моему приезду, потому что очень меня ждали. Наверное, дядька Савелий им рассказал, но почему она говорит, что меня ждали, ведь меня никто не знает? Или уже знает, потому что — чудо? Я не знаю…

— Матушка игуменья уже справлялась о тебе, малышка, — продолжает Агриппина рассказывать. — Очень ей желается с тобою познакомиться.

— А она сердитая? — спрашиваю я, потому что не знаю, что спросить, но если кто-то меня искал и не нашёл, то рассердится, наверное.

— Ой, что ты! — улыбается шире держащая меня на руках человечка. — Она же матушка, понимаешь?

— Она пока не очень понимает, Агриппина, — вздыхает дядька Савелий. — Очень страшной была жизнь у этой малышки. Не жизнь, а лагерь в полный рост…

— Ого! — становится серьёзной Агриппина. — Как только выжила?

— Не выжила, — коротко отвечает он ей. — Потому надо будет поговорить, может, мысли у кого какие будут. Да ещё, мнится мне...

Он произносит незнакомое слово, от которого Агриппина вздыхает, ещё раз меня погладив и стирая слёзы с моих щёк. Она очень ласково на меня смотрит, и я не вижу фальши в её глазах, она по-настоящему мне рада и меня гладит... Но разве так бывает? Мы Светку приютили, потому что иначе никак нельзя было, но я же её знала уже, а тут эта Агриппина меня впервые видит, а носится, как со своей дочкой. У меня даже странное ощущение...

Агриппина усаживается поудобнее, а я даже осмотреться не могу, потому что очень плотно к ней прижата, только лицо её вижу. Наверное, человечка не хочет, чтобы я пугалась, она кивает кому-то, кого я не вижу, и в этот момент то, на чём она сидит, дёргается. Значит, мы снова куда-то едем?

ГЛАВА ТРИНАДЦАТАЯ

Со мной разговаривают... Нет, не так. Мне действительно были рады все в деревне, даже похожие на демонов мужчины. Видя искреннюю радость в глазах людей, я много в первый день плакала, почти до выключения света, но Агриппина — она сама сказала по имени её звать — так вот, она не дала свету выключиться.

Со мной много разговаривают — и Агриппина, и тётя игуменья, и даже похожие на демонов мужчины. Тётя игуменья вся очень сморщенная, но она меня гладит, рассказывая, какая я хорошая девочка. Это так странно, но я почему-то верю в то, что я хорошая. А ещё она как-то помогает мне, потому что после разговора с ней я улыбаюсь. Здесь, в этой деревне, я много улыбаюсь.

— Действительно, как из лагеря... — замечает тётя игуменья, увидев, как я шарахаюсь от большого такого демона в чёрной одежде. — Значит, так и будем лечить душу малышке...

— Выслушай её, матушка, — просит дядька Савелий. — Очень непростая история, я что-то подобное слышал однажды... Давно.

— Иди с Богом, — напутствует его улыбающаяся человечка. — Всё ладно будет.

Улыбка у неё добрая, и я чувствую, что тётя игуменья всё-всё понимает, поэтому начинаю рассказывать. О нашей деревне, о маме и сестрёнках, о том, как мы живём... жили. О школе, страшных училках, ну и о пришествии демонов. Я рассказываю, иногда плача, но свет не выключается, а мне становится чуточку легче, но к маме я всё равно очень хочу... А потом рассказываю, как меня готовились отправить в прошлое, но я попала сюда. О демоне и демонке, о том, что сделали с моим телом до того, как оно стало моим, обо всём...

— Ты понимаешь, о чём она, матушка? — спрашивает Агриппина.

— Ты маленькая была совсем тогда, — грустно улыбается тётя игуменья. — Но представь просто: ты только что была в лагере, открываешь глаза, а вокруг сплошные эсэс. Они улыбаются тебе, рассказывают, что всё будет хорошо... Понимаешь?

— Бог мой! — восклицает Агриппина, буквально сгребая меня со стула и прижимая к себе. — Маленькая моя! Что же испытать тебе пришлось... Надо маме тебя показать.

И тут я узнаю, что и у неё есть мама. Эта мама не родила Агриппину, она просто была для неё мамой, кормила, спасала тогда, когда, казалось, спасенья не было. А ещё был мальчик, пожертвовавший собой ради неё. Я пытаюсь представить демона, жертвующего жизнью ради человечков, отчего просто выключается свет. Он быстро включается обратно, меня просят не пугать их, а тётя игуменья читает вслух диковинную книгу, от слов которой становится чуть теплее на душе, но всё равно...

Со мной много разговаривают, рассказывают разные истории, при этом взрослые не утаивают, а говорят, как есть, будто желают меня чему-то научить. Вот тот, на демона похожий, дядя Валера, у него убили всю семью, а он не стал убивать в ответ. Оказывается демоны, ну, мужчины, вовсе не обязательно начинают сразу же убивать. Хотя мог же отомстить? Эту историю я не понимаю, но принимаю факт того, что мужчины не хотят обязательно убивать и мучить.

Со мной разговаривают о каком-то Боге, который выглядит нестрашным на картинке, о его маме, о том, что можно и что нельзя... Я многого не понимаю, потому что не было ничего подобного в детстве у меня. Но мне терпеливо объясняют, совсем не желая наказывать, хотя я иногда даже согласна, но они почему-то совсем не хотят.

Я не очень понимаю, почему... Ну вот — я поскользнулась и миску разбила. Испугалась, конечно, но ждала, что накажут, ведь разбила же.

— Посуда на счастье бьётся, — улыбается мне Агриппина. — А наказывать тебя не за что.

— Как так — не за что? — удивляюсь я. — Я же вещь испортила!

— А ты хотела её испортить? — интересуется она, на что я мотаю головой. — Значит, произошло всё случайно, ну и за что тебя наказывать?

— А за случайно не наказывают? — эта информация для меня новая, потому что у нас, насколько я помню, никого не интересовало, нарочно или нет.

— Конечно, нет! — отвечает она мне. — Иди-ка лучше во двор, подыши воздухом.

Я выхожу во двор, задумавшись. Живу я с Агриппиной, она обо мне заботится, как... мама. С ней я себя иногда чувствую очень маленькой, но мне от этого не плохо, а наоборот — тепло, потому что можно ни о чём не думать. Просто играть с песочком во дворе, как будто мне пять лет, смотреть на курочек... Только на речку мне пока нельзя одной, потому что плохо может стать, ну и шов должен хорошо зажить, меня же два раза целых резали, когда спасали.

Почему-то здесь люди обязательно улыбаются друг другу, да ещё так искренне, не потому, что так надо, а потому, что хочется. Они добрые. Я ещё ни разу не слышала, чтобы кто-то на кого-то кричал, чтобы ругались или обзывались. Другие дети пока наблюдают, как будто опасаются меня, но я же нестрашная совсем. Надо будет спросить как-нибудь, почему так... А ещё я попросила Агриппину звать меня Элькой, а она мне спасибо сказала за это. Я не поняла, почему...

— Ну, как она? — слышу я знакомый голос тёти игуменьи.

Я и не заметила, как она пришла. Встав с бревна, на котором до сих пор сидела, я здороваюсь, тётя игуменья мне ласково улыбается, но потом поворачивается к Агриппине, а та вздыхает, очень ласково на меня посмотрев.

— Днём — идеальный ребёнок, меня напоминает, — признаётся Агриппина. — А ночью зовёт маму и сестёр. До слёз, матушка, просто до слёз...

— Нужно искать путь, — кивает тётя игуменья. — Вот что, пойду я, поговорю с людьми знающими, может, подскажут чего.

Я понимаю, о чём они говорят, потому что каждую ночь мне снятся мамочка, Дианка, Мариша и Светка, каждую ночь я их обнимаю, а потом надо расставаться, но я не хочу! Я не хочу же, чтобы они уходили... Я молю, молю не уходить каждый раз, а потом просыпаюсь на руках Агриппины.

Со мной разговаривают и тётушка игуменья, и батюшка. Он большой и в чёрном, как дядя Валера, я его поначалу очень боялась, до паники просто. Но он не страшный... Взрослые меня пытаются убедить в том, что нужно отпустить родных, не мучить себя и их, но я не могу, я к маме хочу! Ну, пожалуйста, я на всё-всё согласна! Если надо, пусть даже на куски нарежут, только пусть разрешат с мамой быть. И с сестрёнками! Я знаю, что они меня не бросят, даже если от меня ничего почти не останется. Даже если потом сразу умереть придётся, но хоть разок бы ещё обнять их не во сне!

— Привет! — звучит незнакомый голос, заставляя меня вынырнуть из мыслей. — Ты Ленка, да? А я Машка!

Я сижу на бревне рядом с забором, размышляя о том, что пора взрослеть. Пора становиться взрослой, смириться с тем, что мамы больше не будет, и жить дальше. Только вот я не хочу жить, если мамочки и сестрёнок больше не будет, поэтому я всё чаще плачу. Вот в тот момент, когда я уже готова опять заплакать, и доносится до меня этот голос. Я поднимаю голову, чтобы увидеть человеческого ребёнка, ну, девочку, одетую в простой сарафан, даже, кажется, на голое тело. Девочка с русыми волосами и лицом, перемазанным чем-то красным, задорно сияет синими глазами. Она, наверное, чуть постарше меня теперешней.

— Привет, — через силу улыбаюсь я. — Да, меня так зовут...

— Ты чем-то расстроена, — замечает Машка, в следующий момент продемонстрировав, что под сарафаном у неё ничего нет — она перепрыгивает через забор, отчего её одежда задирается.

Оправив сарафан, девочка смотрит на меня, а затем просто обнимает. Она ничего не говорит, просто обнимает, а я опять чувствую подступающие слёзы. Пытаюсь с ними справиться и не могу, а новая знакомая каким-то очень естественным жестом прижимает мою голову к себе — ну прямо, как Агриппина, когда меня успокаивает.

— Расскажи мне, — просит меня Машка, и от интонаций её голоса я не выдерживаю.

— Мама... Мамочка... Не хочу... — прорываются у меня слова сквозь плач.

Я ничего не могу с собой сделать, только плачу, а она гладит меня. Но как? Откуда она это умеет, откуда знает? Ведь ей совсем немного лет! Машка меня гладит, а потом просто начинает рассказывать сказку, при этом я сначала и не понимаю, что это сказка. Поначалу я её почти и не слушаю, но постепенно прислушиваюсь, отчего мне становится немного легче на душе.

— Ты поплачь, — говорит мне Машка. — Когда мамка померла, я думала, со скалы брошусь, ан уберёг меня Бог... Ты поплачь, а потом мы к ведунье сходим.

— А кто это? — удивляюсь я.

Голос демона

— Это ведающая, — непонятно объясняет мне эта девочка. — Она сможет узнать, счастлива ли твоя мама, понимаешь?

— И пустить меня к ней? — спрашиваю я, а внутри огнём разгорается надежда.

— Это мне не ведомо, — качает головой Машка. — Но иногда и просто увидеть...

— Да... — почти шепчу я.

— Тётя Агриппина! — зовёт странная девочка. — Мы до бабы Зои!

— Осторожней, Машенька, — просит Агриппина. — Сердечко у Леночки больное, кто знает...

— Сердечко... — Машка вздыхает. — Тогда тем более надо.

Получив разрешение и напутствие, мы чинно выходим со двора. Я не понимаю, что такое эта «ведающая», но раз Машка говорит, то, наверное, она знает? Я давлю в себе надежду шагнуть к мамочке, изо всех сил давлю, потому что не бывает же такого. Но она разгорается со всё большей силой, отчего я даже иду, кажется, быстрее.

— Вот после каникул школа начнётся... — мечтательно говорит Машка, явно, чтобы меня отвлечь.

— Школа? Здесь есть школа? — тем не менее удивляюсь я.

Больше всего поражает то, как она о школе говорит — мечтательно. Машка не боится школу, для неё уроки — не самый большой кошмар, как был для нас. Мне вспоминаются полные ужаса глаза младших, всхлипывающая Светка, испугавшаяся, когда мама её лечила... Мог ли кто-нибудь из них сказать о школе с такими интонациями?

— Есть, конечно, — хихикает Машка. — Ну, не тут, а в соседней деревне, нас туда дядька Пахом возит, да ты сама увидишь!

— А как... ну... — я почему-то робею, хотя хочу спросить о естественных для меня вещах. — А как в школе наказывают?

— Наказывают? — её удивление настолько явно, что я просто замираю на середине шага. Она хочет сказать, что нет? Но разве так бывает? Школа же нужна... А как тогда?

В этот самый момент я вспоминаю, что говорил в поезде дядька Савелий о том, что нужно научить, а не запугать. Выходит, здесь теперь так и бояться не нужно? Я, наверное, в сказку попала: в школе не наказывают, демонов нет, все добрые и улыбчивые... Вот бы ещё мамочку увидеть... Мамочка.... Я всё-всё сделаю... Пусть даже каждый день лупят, но чтобы мамочка...

Машка гладит меня по руке, а затем кивает сама себе, утаскивая меня вперёд по дороге из неизвестного мне материала. Кстати, я замечаю теперь, что здесь дороги не асфальтовые, а покрыты камнями и серым порошком, на песок похожим. А дома отделены друг от друга заборами мне примерно по шею. Сами дома аккуратные, в большинстве своём одноэтажные, с красивой крышей, и всё вокруг утопает в зелени, отчего идётся совсем не трудно. Солнце прижаривает только едва-едва.

— Нам туда, — показывает Машка на небольшой аккуратный домик совсем без забора. — Баба Зо-о-оя! — кричит она в следующий момент, отчего я подпрыгиваю на месте, чуть не упав затем.

— Чего кричишь? — раздаётся какой-то скрипучий голос совсем рядом, отчего я пугаюсь, но не сильно, потому что голос явно человеческий.

— Ой, баба Зоя! — удивляется и девочка, сразу же повернувшись к сгорбленной сморщенной человечке. — Помощь твоя нужна! Очень-очень! Ты можешь Ленке её маму показать?

— Ленке или Эльке? — интересуется баба Зоя, подняв на меня взгляд. Он такой странный, будто насквозь пронизывающий.

— Эльке, — вздыхаю я, потому что маму Ленки видеть не хочется, она ту девочку, что была до меня, убила почти.

— Ага... — произносит сморщенная человечка. — Ну, пошли...

Она входит в дом, ну и мы сразу вслед за ней, Машка при этом чуть ли не подпрыгивает, а я осматриваюсь. Внутри, кажется, места меньше, чем у нас... Интересно, я дом Агриппины уже своим считаю? Это хорошо или плохо? Не знаю... Так вот, внутри по стенам пучки трав висят и ещё что-то, печь большая, и в ней котёл, кажется, огромный. А в остальном всё так же — стол деревянный, скатертью застеленный, лавки стоят, и даже стул имеется. То есть ничего необычного...

— Ну, присаживайтесь за стол, гости дорогие, — произносит баба Зоя. — Сейчас почаёвничаем, а там и дела наши делать будем.

Я уже знаю, что так принято, потому что мы — в первую очередь гости, а потом уже по делу пришли. Значит, сейчас нас напоят душистым чаем с лесным мёдом, а потом уже я всё узнаю. Я же послушная девочка? Поэтому терплю и делаю, как принято. И говорю то, что здесь принято, и благодарю, и даже не тороплюсь, чаёвничая. Торопиться нельзя, потому что важно показать своё уважение хозяйке, ну и баранки ещё очень вкусные, мягкие, со слегка сладковатым запахом...

ГЛАВА ЧЕТЫРНАДЦАТАЯ

Баба Зоя заканчивает помешивать что-то в котле, установленном прямо посередине стола, проводит рукой сверху, и я вдруг вижу, как жидкость медленно белеет, отдавая серебром, как... Наверное, как Луна. Медленно, очень медленно... А ещё появляются яркие искорки, как звёздочки, но бабе Зое что-то не нравится — она хмурится. Я ничего не понимаю, поэтому, наверное, и не пугаюсь.

— Ну-кось, посмотрим, — произносит она, когда поверхность становится серебристой. — Поищем родичей твоих в Нави... Мама же?

— И сестрички... — всхлипываю я.

Я не знаю, что такое «Навь», но понимаю, что вряд ли что-то хорошее. Баба Зоя что-то делает, отчего поверхность жидкости в котле становится то темнее, то светлее, при этом ничего не появляется больше. Это явно удивляет держащую меня за руку Машку. Она удивлённо смотрит на бабу Зою, а та хмурится, сдвигая кустистые белые брови.

— Нету их в Нави, — наконец, произносит она. — Ладно, поищем тогда в Яви...

— Это значит, что они не умерли, — объясняет мне Машка, обнимая. — Ты не думай, это не значит, что тебя бросили, мало ли что случиться могло!

— Я не думаю... — тихо всхлипываю в ответ, хотя внутри меня растёт радость — мамочка жива и сестрёнки тоже!

— Сейчас их баба Зоя найдёт, — уверенно произносит обнимающая меня девочка. — И ты увидишь, почему они там.

— Странно... — произносит баба Зоя. — Не вижу следа в Яви, как и не было никогда.

Это меня пугает почему-то, я оборачиваюсь на сильно озадаченную, судя по виду, Машку. Она видит мой страх и как-то неуловимо знакомо прижимает меня к себе. Мне не по себе, потому что я чувствую — что-то происходит, непонятное что-то.

— Что это значит? — спрашиваю я, чувствуя, что ещё немного — и свет погаснет.

— Это значит, что они не рождались здесь, — задумчиво отвечает баба Зоя. — Ну-ка, спокойно! — прикрикивает она на меня. — Не конец света... Нету тут, поищем в другом месте.

— В другом месте? — не понимаю я, но Машка меня гладит, и я успокаиваюсь.

— В другом ме-е-есте, — тянет баба Зоя. — Я, конечно, не Яга, но что-то могу...

О ком она говорит, я тоже не знаю, но спросить не решаюсь. Мне совершенно понятно: что-то идёт не так, отчего мне, конечно, немного страшно, но я терплю, потому что Машка так успокаивающе меня поглаживает — мол, подожди, сейчас всё узнаем, всё будет хорошо. Я опять чувствую себя очень маленькой и беззащитной. Баба Зоя что-то делает, а в моём сердце медленно умирает надежда, отчего становится холодно. Очень холодно становится, я...

— Баба Зоя, она дрожит! — восклицает Машка.

— Только этого не хватало! — баба Зоя бросается ко мне, а дальше я просто не понимаю, что происходит.

Становится как-то слишком холодно, а потом сразу жарко, я будто взлетаю, потом падаю, перед глазами всё плывёт, но вдруг внезапно всё успокаивается, и я обнаруживаю себя лежащей на скамье, рядом со столом. Мне совсем не холодно и не страшно, только очень слабо. Кажется, я не могу даже пошевелиться, такая сильная слабость заполняет всё моё существо. Хочется заплакать, но, кажется, даже на это у меня нет сил.

— Ну-ка, что ты это мне тут вздумала? — строго спрашивает меня баба Зоя. — Хворостины захотела?

— А... что это? — тихо спрашиваю я, пытаясь совладать с собой, чтобы прогнать слабость.

— Баба Зоя шутит, — объясняет мне Машка. — Тебя больше никто не будет бить...

— А почему мне кажется, что в тебе есть что-то родное? — не подумав, спрашиваю я, отчего Машка сильно удивляется, а баба Зоя настораживается.

— А ну-ка... — решительно говорит она, после чего я вообще ничего не понимаю.

Вдвоём они зачем-то полностью раздевают меня, затем, Машка снимает свой сарафан, усаживает меня и садится ко мне спиной, подпирая меня. Баба Зоя машет руками, что-то гортанно поет... У меня просто нестерпимо кружится голова, отчего появившееся вокруг меня свечение я вижу не сразу. Но сил нет даже на то, чтобы испугаться.

— Одевайтесь, — вздыхает баба Зоя. — Души родственные, но...

— Что, баба Зоя? — спрашивает Машка, уложив меня и влезая обратно в свой сарафан.

— Между вами — не меньше десяти поколений, — объясняет ведунья, помогая меня одеть. — Элька наша — из далёкого будущего, Маша. А ты её... хм... предок, так получается. Вот что, приведи-ка мне Агриппину, раз она взяла на себя заботу о сиротке.

— Хорошо, — кивает девочка, бросаясь на улицу, откуда доносится быстрый топот босых пяток по тропинке.

— Значит, я... не отсюда? — удивляюсь я, мало что поняв из речи бабы Зои.

— Ты — из будущих времён, — объясняет она мне, поглаживая по голове. — Потому и родных твоих я не сыскала — не народились они ещё. У тебя сейчас из всех родных — только Машка... Да... Придёт Агриппина, будем думать, как тебе помочь, дитя. Ничего не бойся и не отчаивайся, договорились?

— Договорились, — медленно киваю я, поняв только, что мне хотят помочь увидеть мамочку.

— Поспи пока, — произносит ведунья, махнув мне рукой, после чего я как-то очень быстро засыпаю.

Мне очень хочется подумать о том, что мне рассказали, но совсем как-то не думается, как будто у думалки тоже слабость. Я вижу себя в какой-то большой комнате, где обычно встречаюсь с мамой и сестрёнками, только их сейчас пока что нет, наверное, я слишком рано пришла — ночь же ещё не наступила. Поэтому мне надо подождать и не плакать. Ведь это мой сон, значит, они здесь будут обязательно.

— Они обязательно найдут, как тебе помочь, — слышу я и, обернувшись, вижу того самого доброго демона, который не демон. — Ведь иначе не может быть.

— А ты отсюда или оттуда, где мама? — не очень понятно для самой себя формулирую я, но он понимает.

— Мы с тобой обязательно встретимся, — улыбается демон, который не демон, потому что очень добрый.

Его очки кажутся почти прозрачными, а глаза сияют зеленью, как будто два озера, в которых отражаются деревья. Очень усталые у него глаза, поэтому я сама тянусь к нему, чтобы обнять. А демон, который не демон, вздыхает, обнимает меня, отчего мне становится тепло. Он, кстати, как Машка — тоже кажется родным. Даже роднее, чем Машка, поэтому я некоторое время колеблюсь, желая спросить, но всё никак не могу набраться смелости.

— Ты хороший, — говорю я ему, прижимаясь щекой к его одежде. — Скажи, ты мой... ну... родитель?

— Придёт время, и ты всё узнаешь, — обещает он мне, — а пока иди, обними маму.

Тут я вижу мамочку и сестрёночек. Взвизгнув, даже не заметив исчезновения демона, который не демон, я бегу им навстречу, бегу просто изо всех сил, ведь это же они, мои любимые!

— Она не выживет, Агриппина, — слышу я голос бабы Зои, едва только прихожу в себя. —

Девочка из будущих времён просто не может жить здесь, понимаешь?

— То есть хуже, чем мы думали, — голос Агриппины вздыхает. — Нужно тогда волхвов звать... Ох, что мне скажет матушка!

— Маша... — узнаю я руку той, что гладит меня. — Я... А почему?

— Потому что православие и волхвы несовместимы, — хихикает она. — А ты — моя младшая сестрёнка, потому что я тебя на много-много лет старше.

— Ладно, — киваю я, глядя на неё снизу вверх. — Только предупреждай, ладно?

— О чём? — не понимает Машка, а я ещё и сама полностью в себя же не пришла.

— Если провинюсь, — коротко отвечаю ей.

Машка задумывается, явно не понимая, о чём я говорю, и тут до меня доходит: она себе не представляет, как можно бить близкого, родного человека. А я? Я сама же била младших! Может быть, именно поэтому я так наказана сейчас? Тогда всё правильно, я должна страдать, потому что делала больно младшим, как будто им в школе не хватало... Я плохая, получается...

— Если провинишься... — с тихой угрозой произносит Машка, затем делает паузу, а я чувствую желание сжаться, но борюсь с ним. — Тогда защекочу! — восклицает Машка, заливаясь смехом.

— Ой... — отвечаю я от неожиданности.

Внутреннее напряжение отпускает меня, я чувствую радость, но и грусть оттого, что Машка — гораздо лучшая сестрёнка, чем я, получается. Если у меня когда-нибудь будет такая возможность, я обязательно извинюсь перед младшими, а если вдруг меня получится вернуть, на что я втайне надеюсь, то никогда-никогда их больше не ударю, не обижу и не буду пугать! Никогда!

Закончив разговор с бабой Зоей, Агриппина подходит к скамье, где я лежу, и аккуратно берёт меня на руки. Она очень мягко со мной обращается, чему-то грустно улыбаясь. Я, правда, не знаю, чему, потому что их разговор не слышала, но не пугаюсь, потому что... это же Агриппина, она — как мама. А она хмыкает, кивает бабе Зое и делает шаг к двери, но останавливается.

— Машка, чего стоишь? — интересуется эта волшебная, по-моему, женщина. — Пошли домой.

— Домой? — удивляется сестрёнка. — Но, я... А как же тётя Таня?

— С ней Зоя поговорит, — отвечает ей Агриппина. — А ты хворостину честно заслужила. Почему не сказала, что Танька тебя не приняла своей, а?

— Ну... я думала... — Машка, вдруг растерявшая всю свою весёлость, всхлипывает. — Ну, я чужая, понятно же...

— Ох... — вздыхает держащая меня на руках человечка и вдруг очень ласково добавляет: — Пойдём домой, доченька. Пойдём, маленькая...

А Машка меня в этот момент пугает — она садится прямо на пол и начинает плакать. Я от неожиданности тоже всхлипываю и — откуда только силы берутся! — тянусь к ней руками, чуть не выпадая из объятий Агриппины. Я тянусь, чтобы успокоить сестру, ведь точно же что-то плохое стряслось!

Агриппина осторожно опускает меня рядом с Машкой, чтобы обнять нас обеих, я даже пискнуть не успеваю. Она просто прижимает нас к себе, отчего Маша смотрит на неё большими глазами, полными слёз, но именно реветь прекращает. А я обнимаю её, как только могу, желая помочь, забрать её боль, отнять то, что заставляет сестрёнку плакать.

— Совсем неладно у Таньки чего-то, — слышу я скрипучий голос бабы Зои. — Ужо я разберусь!

— Разберись, матушка, — просит её Агриппина. — Давайте-ка, заканчивайте слезоразлив, и домой пойдём. Как раз время трапезничать нам, значит.

Мы идём домой, а Машка рассказывает, как она мечтала хоть раз в жизни ещё услышать это ласковое «доченька», и как она уже ни на что не надеялась. Она говорит, что согласна и на хворостину, и на какую-то «крапиву», и на что угодно, лишь бы хоть иногда слышать это обращение. Агриппина вдруг останавливается, прижимая нас к себе, потому что у меня же слабость схлынула, когда я за сестрёнку испугалась.

— Маша, Танька тебя била, что ли? — серьёзно спрашивает она Машку.

— Ну... воспитывала... Я же безрукая... — тихо отвечает ей сестрёнка, пряча взгляд.

— Ну, я ей воспитаю, я ей так воспитаю! — почти рычит Агриппина, опять шагая к дому. — Воспиталка выискалась... — ворчит она.

А я объясняю Машке то, что мне говорила эта похожая на маму женщина — ну, о том, что нельзя наказывать, потому что, когда бьют без вины — это плохо, а нас и по вине нельзя, потому что детей бить нехорошо. Я и сама с трудом понимаю это, но Агриппина же так сказала! И ещё дядька Савелий тоже! И тётя игуменья говорила, что совсем-совсем нельзя. Значит, так и есть, а если сестрёнку налупили, значит тот, кто налупил — плохой, ну, или плохая... Ой...

Здесь всё очень странно устроено, у меня даже ощущение, что вся деревня — это одна большая семья. Они будто понимают друг друга без слов зачастую и относятся ещё... ну, как в семье относятся. Иногда так странно, но очень-очень тепло. Необыкновенная деревня у нас, выходит, как в сказке, здесь очень хорошо мне жить... Но я всё равно очень хочу к мамочке, просто до слёз хочу и ничего с этим не хочу делать, потому что мамочка же, и сестрёнки же ещё!

Вот с такими мыслями я и сама не замечаю, как дохожу до дома. Ну, доходим все вместе. Я как раз обдумываю своё страшное подозрение: на сестрёнке же только сарафан — неспроста, наверное. Может, эта тётя Таня специально так делает, чтобы Машке плохо было? Не знаю... Но тогда получается, что она — демонка, а не тётя. Надо будет Агриппину спросить об этом попозже.

— Это что, всё? — удивляется Агриппина. — Маша, трусы твои где?

— Ну... тётя Таня... — Машка опускает голову и, кажется, краснеет, но я её сразу начинаю обнимать, чувствуя, что сейчас заплачу.

— Ну-ка, пойдём, — говорит женщина и уводит сестрёнку, но я знаю, куда — мыть и одевать будет.

Ну, Машка большая, она и сама помыться сможет, а вот одежда... Но у Агриппины, кажется, есть для меня, как она говорит, «на вырост», как раз сестрёнке будет. Это очень правильно, что так будет...

И вот тут я задумываюсь. Если меня смогут вернуть, значит, Машка останется одна, без сестрёнки? Или Агриппина сможет всё объяснить? А мне её тоже будет не хватать... Машка — хорошая, и я её полюбила... Я не знаю, как правильно! Просто чувствую, что не могу без мамы и сестрёнок, а тут у меня тоже сестрёнка появилась... От таких раздумий начинает болеть голова, отчего я тихо хныкаю.

Почему-то голова болит всё сильнее, но я не хочу

отвлекать Агриппину, потому просто тихо похныкиваю, держась за виски. И вот, когда уже совсем перед глазами темно становится, я обнаруживаю её рядом, а в следующий миг Агриппина вливает какую-то жидкость мне в рот, отчего боль начинает утихомириваться, а я... кажется, засыпаю.

ГЛАВА ПЯТНАДЦАТАЯ

— Вот оно что... — незнакомый человеческий голос заставляет меня раскрыть глаза пошире.

Прямо рядом с лавкой, на которой я лежу, стоят Агриппина и какая-то миловидная человечка в светлом платье, с русыми косами и необычно выглядящими украшениями. Она смотрит на меня очень внимательно, будто разглядывает что-то внутри моих глаз. По моему ощущению, незнакомка добрая, но чего она хочет? Может быть, у неё есть ответ на вопрос, как мне увидеть маму?

— Две души, значит, — наконец, произносит незнакомая человечка, слегка нахмурясь.

— О чём ты, Ягинична? — удивлённо спрашивает Агриппина.

— Две души в ней живут, — объясняет названная Ягиничной.

Тут я вспоминаю: баба Зоя вроде бы поминала кого-то похожего, значит, это тоже ведунья?

— Малышка Леночка не ушла в Навь, а осталась, ибо не было ей пути... — продолжает Ягинична. — А вот Элька пришла, сохранив истерзанную душу... Тут муж мой нужен... Собирайся! — обращается она ко мне.

— Кто это? — спрашиваю я, не зная, как реагировать на решительные слова новой ведуньи.

— Это Ягинична, богиня, значит, — отвечает мне Агриппина. — Матушка игуменья сказала, что нужно звать её, потому что ты ещё не рождалась, а тут только древние боги помочь могут.

— А зачем им мне помогать? — удивляюсь я, потому что действительно не понимаю.

— Потому что так правильно, дитя, — произносит Ягинична, как-то очень добро на меня глядя. — Пойдём к мужу моему, пусть рассудит Велес по-своему, как нам всем быть.

Она ведёт себя странно, эта «богиня». Что означает это слово, я не понимаю, осознавая только, что она, наверное, такая же, как баба Зоя. Ягинична говорит о своём муже, значит, он может что-то сделать? Спросить я, впрочем, не успеваю, потому что Агриппина помогает мне встать и переодеться, правда, зачем, я тоже не понимаю. Рядом оказывается и Машка в красивом платье. Я немедленно обнимаю сестрёнку, и она отвечает мне тем же.

— Такое чудо... — шепчет мне Машка прямо на ухо. — Просто невозможное, как будто мама вернулась.

— Здорово, — так же тихо отвечаю я ей, понимая, о чём говорит моя здешняя сестрёнка. — А у нас... а нас...

— Не бойся, — произносит Машка. — Всё хорошо будет.

— Я верю, — киваю я.

Как-то вдруг, без перехода, мы оказываемся на лесной поляне. Окружённая могучими деревьями, названий которых я не знаю, она служит двором большому трёхэтажному дому, выглядящему каким-то очень старым, но одновременно и новым, расцвеченным яркими красками. Кажется, что окна его приветливо глядят на нас, а двери только и ожидают возможности раскрыться.

— Служители Христа могут помочь душе смириться, ведуньи — показать прошлое и настоящее, — слышу я голос Ягиничны. — А вот с будущими делами — тут муж нужен.

— Но для неё же это будущее — прошлое? — неуверенным голосом спрашивает Агриппина.

— Для нас-то нет, — вздыхает «богиня».

Она приглашает нас войти в дом, я же ещё раз окидываю поляну взглядом. Кажется, деревья, стоя неприступной стеной, подпирают синее-синее высокое небо, в котором приветливо сияет солнышко. Как-то очень спокойно я себя сейчас ощущаю, необычно совсем... Но тут Машка меня буквально утягивает за собой, и мы попадаем в дом.

Изнутри комната, в которую мы входим, выглядит довольно большой, отчего я в первый момент теряюсь. Но сестрёнка тянет меня за собой, поэтому я вскоре оказываюсь за широким столом, рядом с Агриппиной. На столе уже стоят чашки с неизвестно откуда взявшимся чаем, пироги, бублики, маленькие баранки и какие-то прямоугольные штуки, которых я раньше не видела.

— Дети, берите пряники, — приглашает задумчивая Ягинична.

— И что будет? — интересуется Агриппина. — Раз их две?

— Разделить их — дело недолгое, — отвечает «богиня», надо будет, кстати, спросить, что это такое. — Но вот Элька — она рвётся в своё время, к маме, к сёстрам, к близким. Ежели будет на то воля мужа — найдёт он, как вернуть её, тогда ты останешься с Алёнкой, которую учить всему наново придётся. А ежели нет, то будут близняшки у тебя...

— Всё дело хорошее, — кивает Агриппина. — Да только если нет, не выдержит Элька... Сердечко она себе рвёт так, что уже дважды...

— Погодим пока, — обрывает её Ягинична, придвигая ко мне поближе блюдо с непонятными прямоугольными штуками.

Я беру одну эту штуку, осторожно нюхая её. Пахнет

мёдом и ягодами, отчего мне очень хочется её попробовать. Откусив маленький кусочек этой невыразимой сладости, понимаю, что такого ещё не ела никогда. Именно поэтому я откусываю по маленькому кусочку, запивая чаем и полностью отключившись от разговора. Взрослые разговаривают промеж собой, а я даже не слушаю, потому что вкусно очень.

Вот бы маме принести такую сладость... И младшим, особенно младшим, ведь в нашей той жизни сладкого почти что и не было. Это я сейчас понимаю, чего мы там были лишены, все мы. Но это, наверное, не просто так, должна была быть какая-то цель, причина, по которой нас лишили этой радостной сладости... Мне сейчас трудно оценивать.

Я просто сравниваю... Я очень хочу к маме и сестрёнкам, согласна даже на боль каждый день, на отсутствие сладкого, на... на что угодно, лишь бы быть с ними. Но всё же, почему хотя бы у младших не было сладостей? Насколько я помню, у всех нас их не было. Шоколадка как подарок, а леденец — вообще... Почему? Неужели все забыли о том, как их делать, или... Или это было каким-то демоническим опытом? Если учителки — демонки, тогда вполне могло быть и так. Не зря же им нравились наши слёзы и крики? Если бы не нравились, то и не наказывали бы. Значит, нравились.

Мне вспоминается ужас в глазах младших. За что с ними так обращались? Со мной тоже, но себя я не видела, а вот глаза младших помню очень хорошо. Вот здесь и Агриппина, и дядька Савелий говорят о том, что детей нельзя бить, что страх — плохой учитель, что детские слёзы боли — это плохо. Почему тогда у нас там их так любили?

Агриппина рассказывала мне о «лагере», где её мучили, когда она была совсем маленькой. Как она боялась, и как её прятала мама. И вот сейчас я вспоминаю своих младших, понимая, что у нас ведь было то же самое. Все эти наказания пугали, пугали до ужаса, лишая возможности думать. Может, именно этого учителки и добивались?

Или Светка... У неё умирала мама! Неделю, на её глазах, мучаясь от боли! Почему никто не помог? Не может быть, чтобы это было невозможно! Почему тогда? За что со Светкой так? Наверное, не тех людей называли у нас демонами...

Дверь распахивается, на пороге появляется высокий бородатый дем... мужчина в необычной одежде, с мехом, кажется. Ягинична бросается к нему, я взвизгиваю от страха, Машка ойкает. Агриппина обнимает нас обеих, успокаивающе поглаживая, отчего мои зажмуренные было глаза открываются.

Ягинична обнимает этого, на демона похожего, при

этом он на неё смотрит так, что мне плакать хочется. Волны тёплой нежности, кажется, плывут по комнате. Я понимаю, что он нестрашный, но... Я никогда не видела именно такого отношения. Кто это? Почему мне хочется, чтобы и на меня так хоть раз посмотрели? Я и не знала, что такое бывает.

— А почему он к ней так? — спрашиваю я Агриппину.

— Потому что люблю мою ладушку, — слышу я в ответ густой низкий голос мужчины, похожего на демона. Он почему-то нестрашный совсем... — А кто гостит тут у нас?

— Муж мой, помоги им, молю тебя, — как-то очень нежно говорит Ягинична. — Девица двоедушная, вот только стремится она к маме, а та — во временах грядущих.

— Грядущих? — удивляется мужчина. — Интересная гостья...

— Это Велес, — объясняет мне Агриппина и добавляет совершенно непонятно: — Он — бог Трёх Миров.

Что такое «бог Трёх Миров», я не знаю, но Машка, закрыв открытый от удивления рот, объясняет мне, что этот самый Велес может вернуть меня к маме, если согласится. И что если он не поможет, то никому это не под силу. Поэтому я поднимаюсь из-за стола, мягко освободившись из объятий не понимающей, что я хочу сделать, Агриппины. Я делаю шаг к тому, кого назвали Велесом, и опускаюсь перед ним на колени.

— Делай со мной, что хочешь, — обращаюсь я к нему. — Только верни к мамочке и сестрёнкам.

Я начинаю плакать, потому что не знаю, как его убедить, как правильно нужно уговаривать мужчин, но тут же оказываюсь висящей в воздухе, подхваченная сильными руками этого де... бога Трёх Миров. Мой взгляд встречается с Велесовым, и всё будто исчезает вокруг, потому что я бегу из школы домой в тот самый страшный день. Я бегу, бегу, уже зная, что опоздала, но всё равно бегу, потому что там мамочка, Светка и младшие. Я просто не могу не бежать! И видя уже пустоту на месте нашего дома, осознаю... При этом свет просто выключается.

— Вот так-то всяко лучше будет, — слышу я голос Велеса, открывая глаза.

Не понимая, что произошло, осознаю себя лежащей на кровати, а рядом со мной... тоже я, получается, лежу? Только маленькая какая-то, но лицо такое же, какое я в зеркале видела. Закончив осматривать явно спящую... меня, я поднимаю взгляд на Велеса, с улыбкой наблюдающего за мной.

— Разделил я души ваши, — сообщает мне названный «богом Трёх Миров», но, видя, что я не понимаю, присаживается рядом и принимается медленно, как очень маленькой и глупой, объяснять.

Наверное, я действительно глупая, потому что сразу ничего не понимаю, даже пугаюсь этого, но Велес вздыхает и объясняет ещё и ещё, пока до меня не доходит. Странно, он не злится и не хочет меня наказать, чтобы лучше дошло, а спокойно и очень мягко рассказывает.

Тот самый огонёк, который поначалу всего пугался, оказывается девочкой, ну, точнее, её душой. Когда Леночка начала умирать, она рванулась к своему... папе. Но ей было рано, поэтому она не смогла уйти, а тихо умирала, потому что душа тоже может умереть, а тут появилась я. Меня засосало в тело, правда, Велес говорит, что почему именно так, он не знает, ну, почему в это тело. И я сохранила Леночкину душу, поэтому нас оказалось двое. Велес разделил нас, поэтому у меня как бы нет тела сейчас, но оно есть, потому что в каком-то «тут» совсем другие законы.

Это значит, что если удастся меня вернуть мамочке, то у Агриппины останется дочка, а у Машки — сестрёнка. Я, конечно, буду скучать по Машке, да и по всем, но там мамочка же! Мамочка и сестрёнки же! Велес это очень хорошо понимает, он мне объясняет, что сейчас мы поча-ёвничаем, попрощаемся, и он будет вести меня по Дороге Времени, пока мы не найдём то самое время, где мамочка... Нам предстоит далёкий путь, но если такое время есть, то мы его обязательно найдём.

— А если нет? — тихо спрашиваю я.

— Тогда и будем решать, — хмыкает названный «богом», правда, я до сих пор не знаю, что это такое. — А сейчас об этом говорить рано.

— Тогда ладно, — улыбаюсь ему я. — Значит, чаёвничать — и в путь?

— Да, дитя, — кивает он. — А Алёнка до времени поспит.

Я понимаю, почему. Ну, уже понимаю, потому что Алёнке придётся всё заново изучать, она только Агриппину и Машку родными чувствовать будет, но если выйдет со мной, тогда не надо ей грустить оттого, что меня не будет. А ещё Велес обещает, что Машка плакать не будет, только я не понимаю, как он это сделает.

Он помогает мне подняться с кровати, а я ощущаю себя, как в сказке. Такого же просто не может быть? Или может? Ощущение, как будто всё не со мной происходит, а с какой-то другой девочкой, а я только смотрю со стороны на это. Велес приводит меня в ту комнату, где мы были до того, как свет выключили, я вижу там застывших Агриппину и Машку, они совсем-совсем не двигаются, как будто окаменели, но почему-то я не пугаюсь.

— Ягиня, душа моя, — обращается Велес к Ягиничне. — Отпусти время, да собери нам чайку перед дорогой дальней.

— Разделил-таки, — удовлетворённо кивает она, а затем щёлкает пальцами.

Агриппина и Машка одновременно кидаются ко мне, начиная обнимать меня, а я улыбаюсь. Мы скоро расстанемся, и я знаю, что навсегда, но их тепло и любовь я запомню навечно, потому что это просто волшебно.

Ягинична приглашает нас всех за стол, где уже чай готов и снова в чашки налит. Она собирается рассказать, что теперь будет, а Машка, кажется, просто чувствует — она сидит рядом с мокрыми глазами, просто обнимая меня. Я её глажу, уговаривая попить чаю, но она не слушает. Сестрёнка прижимается ко мне и молчит, а Велес рассказывает, что будет, и как оно будет. Под конец его рассказа меня уже и Агриппина обнимает... А потом мы все, кажется, плачем.

Я не понимаю, почему я плачу, ведь меня обещают к маме отвести. Но мне плачется, потому что я расстаюсь с совершенно волшебной Агриппиной, ну и с Машкой, конечно. Я их совершенно точно больше не увижу, и мы все трое понимаем это, но я так хочу к мамочке, просто не могу жить без неё и сестрёнок. Агриппина мне быстро что-то рассказывает, я даже не очень соображаю, что именно, а Машка просит не забывать её. Но я не забуду их! Никогда не забуду, клянусь!

ГЛАВА ШЕСТНАДЦАТАЯ

Передо мной — дорога, пролегающая, кажется, между звёзд. И сама эта дорога вовсе не асфальтовая, а будто составлена из тысяч огоньков, необыкновенно красиво. Меня держит за руку высокий бородатый мужчина, который опирается на деревянный резной посох с него высотой, украшенный какими-то камнями. Я ещё всхлипываю после прощания с Агриппиной и Машкой, но одновременно полна надежды.

— Я не стал давать вам много времени на прощание, — говорит мне вдруг Велес. — Долгие проводы — лишние слёзы. Незачем мучить и их, и тебя, хотя из тела ты рвалась так, что разделение прошло почти само.

— Я понимаю, — киваю ему, снова ощутив себя «почти взрослой», а не потерянной малышкой. — И готова.

— Тогда идём, — хмыкает «бог», у которого я так и не узнала, что это значит.

Он делает шаг, я повторяю его движение, и местность вокруг меняется — появляются какие-то картины, ни о чём мне не говорящие. Хмыкнув, Велес спокойно движется дальше, придерживая меня за руку. Я же верчу головой, потому что мне жутко любопытно. Картины меняются, на них взлетают какие-то допотопные звездолёты, дерутся люди — и кулаками, и с каким-то оружием.

— Мы будем останавливаться в ключевых точках, — сообщает мне Велес. — Чтобы сориентироваться, ну и дать тебе посмотреть, откуда пошла эта сказка о демонах.

— А это сказка? — интересуюсь я, поскольку в такой форме нашу историю не воспринимала.

— В тебе есть частица мужчины и частица женщины, — объясняет мне «бог». — Был ли мужчина жив на момент твоего зачатия, мы узнаем, ибо для времени преград нет.

— Хорошо, — киваю я, уже готовая смотреть.

Но вот смотреть пока не на что: окружающие картины меняются, но мне не говорят ни о чём. Затем Велес показывает мне какие-то очень знакомые картины, рассказывая о том, что человечество любит ходить по кругу, повторяя одни и те же ошибки. И я сама вижу, что появление звездолётов, полёты к другим планетам ничуть не делают людей лучше или хуже внутренне.

Дорога ложится под ноги, мы идём уже, по ощущениям, не первый час, но усталости нет совсем. То есть я полна сил, есть и пить мне не хочется, разве что картины примелькиваются. Как-то там всё однообразно: большая катастрофа — и всё начинается заново, одни люди берут в рабство других... Да, чаще всего женщин, объясняя тем, что они слабее, но и картин, где главенствуют женщины, полно. Я не вижу смысла в этом всём — почему бы людям не жить спокойно?

— Стоп, — спокойно произносит Велес, указывая посохом на одну из картин, раскрывающуюся перед нами, как экран телевизора. — Смотри!

— Нам нужно найти возможность обезопасить себя от мужланов! — кричит какая-то особь, стоя перед толпой, состоящей из женщин с детьми. Толпа беснуется, я же недоумеваю: что это?

— Она нездорова? — удивлённо спрашиваю я «бога».

— Вполне возможно, — кивает он мне. — Но этот момент почему-то ключевой... Что же, запомним... Пошли дальше.

Мы идём дальше, но теперь я уже внимательнее разглядываю картины. На них какие-то группы женщин нападают на мужчин, практически развязывая войну, и вот этих женщин пленяют, но не убивают, а как-то связывают. И вот то, что делают с пленницами, очень сильно напоминает нашу историю. Ну, ту, которую мы на уроках изучали. Я смотрю и понимаю: эти женщины совсем не невинные, ведь они и убивали мужчин, и что-то отрезали у мальчиков, отчего те умирали. То есть их правильно теперь мучают.

Стоит нам пройти ещё немного по дороге времени, и я вижу, как забывшие о прошлом мужчины отпускают женщин на волю, никак при этом себя не обезопасив, что мне очень странно. Это — как если бы в школе я сначала оскорбила кого-то, а потом спокойно повернулась к нему спиной. Глупость, в общем.

— А вот ещё один ключевой момент, — задумчиво произносит Велес, посохом приближая картину.

— Технология пространственного кармана, — вещает из картины какой-то мужчина в очках и с седой бородой, — позволяет создать убежище нужной конфигурации с необходимой инфраструктурой. Однако мы не знаем, как именно будет восприниматься жизнь в таком убежище...

— Ничего не понимаю, — честно говорю я, помотав головой.

Усмехнувшись, Велес объясняет мне. Вон тот дядечка создал убежище на случай какой-то опасности извне, в котором могут жить люди. Он даже демонстрирует своё изобретение, и я на мгновение задыхаюсь — над безжизненной пустошью сияют Луна и Луна-2. До боли знакомый мне серп второй Луны заставляет вздрогнуть, вглядываясь в картину. Значит, это убежище?

Дядечка объясняет, где и как устанавливается управляющий модуль, как его включать и выключать, ну и много ещё чего, мне непонятного. Велес вздыхает и медленно ведёт меня дальше, а я вижу, как развивается такое убежище — появляются не только деревья и кусты, не только река, но и дома. И вот тут для меня самый большой сюрприз, по-моему...

— В самом убежище дом построить нельзя, — объясняет этот мужчина в очках. — Но можно построить в основном мире и временно переместить его, пока включена защита.

— Что произойдёт, если защита отключится? — интересуется какая-то женщина в новой картине.

— Дома со всем содержимым вернутся на место постройки, — пожимает плечами её собеседник.

Вот это я понимаю. Когда Барьер пал, получается, наш дом не уничтожили, а просто перенесли туда, где он изначально был построен. Так вот почему... Но додумать я не успеваю, потому что Велес ведёт меня дальше. Теперь мы чаще останавливаемся, как будто «бог» хочет мне показать все этапы строительства того мира, который я называю «нашим».

Велес мне точно что-то хочет показать, только я пока не понимаю, что именно, но послушно смотрю и слушаю. Мне странно видеть, что происходит, потому что это отличается от всего того, что я знаю из прошлого — убежище создают мужчины. Они говорят, что это делается затем, чтобы сохранить женщин и детей в случае чего. В каком конкретно случае, я не понимаю, но им виднее, конечно. И вот все эти мужчины и женщины заняты именно тем, чтобы обустроить будущее убежище, медленно принимающее хорошо мне знакомый вид.

А когда мы передвигаемся туда, где всё уже закончено, я стараюсь запомнить, где находится управление защитой, понимая, что мне это очень пригодится. Правда, почему именно в школе, я не знаю, но спрошу потом у Велеса, а пока я смотрю и запоминаю все возможные детали, чтобы потом мне было проще обратно включить Барьер. Теперь-то я знаю, где находится управление и что с ним надо делать.

— Вот с чего всё началось... — показывает мне Велес на картину.

А там — паника, какая-то эвакуация, рассказы о чуме из космоса, нашествии инопланетян, переправка женщин и детей на кораблях, а на фоне этого три женщины чему-то улыбаются, сидя в комнате с управляющим прибором. Тем самым, что управляет Барьером. Я узнаю тех, кто был мне знаком по учебникам, где они назывались Спасительницами, но вот теперь я в этом сомневаюсь.

— Старые яды хорошо работают, — произносит одна из них.

— Да и взрыв станции оказался достаточен для паники, — хмыкает вторая.

Велес взмахивает рукой — и я, не успев даже задать

вопрос, вижу, что они сделали. Одна из Спасительниц сделала так, что взорвался большой круг в космосе, а ведь там было очень много людей, значит, она — убийца? А две другие устроили мор в каком-то городе, причём я вижу, что это за мор, сразу же вспомнив Светку. Значит, это яд, а не болезнь?

— Теперь мы уберём всех мужчин, — сообщает одна из тех, кого мы звали Спасительницами. — И будем правильно воспитывать девочек.

— А для размножения банк есть, — кивает вторая. — А стариков будем списывать на страшную чуму, — ухмыляется она.

И передо мной раскрывается настоящая история нашей деревни, заставляя плакать. Я вижу, как умирают все мальчики, даже малыши! Я вижу, как в каждый дом попадает прозрачная посудина с ядом, готовым попасть внутрь по нажатию кнопки. Я вижу, как включается Барьер, чтобы больше не выключаться. И как умирают те, кто противоречит Спасительницам.

Передо мной сменяются картины — проходит год за годом, и я сквозь слёзы вижу, как убивают неугодных, как переписывают историю, и как из людей делают послушное стадо. Это намного, намного страшнее, чем даже очнуться среди «демонов». Так проходят годы. Много, много лет проходит...

— Какие затейницы... — хмыкает Велес, показывая мне, почему в школе начали наказывать именно так.

Мои догадки подтверждаются — училки получают удовольствие от криков и слёз детей, даже более того, их специально такими воспитывают, чтобы они удовольствие получали. Я смотрю на это, понимая, что такой мир не должен существовать. Этот мир нужно уничтожить, поскорее уничтожить!

— Девочкам нужен защитник, — негромко говорит мне «бог». — Мать их защитить не может, и они подсознательно тянутся к тому, кто может... Девочкам делают очень больно, они всё сильнее тянутся, а прибор этот человеческий на такую нагрузку не рассчитан, поэтому...

— Но откуда папы? — удивляюсь я, уже увидев, как оплодотворяли полсотни лет назад по времени мира. Из стекляшки вводили какую-то жидкость прямо *туда*, и всё.

— Смотри, — вздыхает Велес.

Я вижу, как теперь происходит это. Барьер нарушен в одном месте, в небольшой комнате встречаются мужчины и женщины для... оплодотворения. Как Сёстры, правящие нашим миром, это устроили, я не понимаю, а «бог» не хочет мне это рассказывать. Он говорит, что я всё узнаю в своё время. Наверное, не надо мне этого знать...

Он шагает дальше, и тут я вижу свою маму. И... наверное, папу. Он точно такой же, как и во сне, только постарше. И он смотрит на маму так же, как Велес на Ягиничну. И мама на него... Их разлучают, но затем опять дают встретиться, раз за разом. Мама очень плачет, а папа становится всё более хмурым. Но затем картина показывает его в какой-то очень большой комнате, заставленной приборами.

— Мне надо их оттуда вытащить, любой ценой! — кричит на кого-то папа.

Его стараются успокоить, но я вижу боль в его глазах, вижу, как он стареет от плохих вестей, как с тоской смотрит на мамину фотографию, и понимаю — этот мужчина точно не демон. Он родной какой-то... Самый-самый... Я даже объяснить не могу тех чувств, что появляются во мне, когда я смотрю на него.

— Велес, он мне снился, — сообщаю я. — Когда плохо было, ну, когда я Алёнкой была ещё.

— Пробился сквозь время к своему ребёнку... — задумчиво говорит Велес. — Значит, есть в нём дар какой-то, есть...

Мы идём дальше, хотя сейчас я хочу просто сесть прямо на дорогу и плакать — весь мой мир рухнул. Всё, что я знала, во что верила, оказалось ложью. Ложью, придуманной тремя женщинами ради власти. Ради того, чтобы издеваться над людьми, упиваться их страхом и болью. Разве это нормально?

Я смотрю на радостные улыбки Старших Сестёр, когда они видят боль на лицах мужчин, расстающихся со своими женщинами, возможно, навсегда. Старшие Сёстры буквально полыхают радостью, при этом запугивая будущих матерей смертью их любимых. Боже милосердный, как же страшно жить мамочке! Как же жутко ей, наверное, встречать каждый день в разлуке и знать, что её могут убить в любой момент.

— Как только старшей двадцать исполнится... — будто отвечая на вопрос, сколько осталось жить мамочке, слышу я из картины.

А там — наша семья. Мамочка, с тоской глядящая в окно, теперь-то я понимаю, почему... Младшим — года полтора, и я... Мы все приговорены этими тварями, потому что людьми они быть не могут. Самый демонский демон больше человек, чем эти... Старшие Сёстры. То, что показывает мне Велес, меняет меня, заставляя уже совсем иначе смотреть на мир... Да, я знаю, где находится управляющая комната, я знаю даже, на что нужно нажать, чтобы Барьер отключился. Ему понадобится несколько дней, но он точно отключится, вот только там внутри тоже яд...

И тут я вижу Светку, возвращающуюся домой. Она идёт и не знает, что яд уже в лёгких её мамы. На воздухе он быстро умирает, этот яд, но он уже внутри, и скоро она умрёт. Светкина мама всего только попросила о встрече с тем мужчиной, от которого зачала своего ребёнка. Всего лишь увидеть его попросила, и за это её убили. Я смотрю в картину и вижу, что её именно убили, как могут убить любую из нас.

Я вижу, как Светка пугается, как вызывает целителя, как падает в обморок, услышав ответ. Я вижу, как она стремится каждую свободную минуту провести с умирающей мамой, а улыбающаяся историчка в школе наказывает Светку, часто по надуманным поводам. Я смотрю... Светка от боли, от тоски, от страха просто готова сойти с ума. И я понимаю, почему она нас тогда так быстро приняла — она неделю умирала с мамой каждый день.

— Вот здесь твоё время, — говорит мне Велес. — Покажи мне, в какой момент ты хочешь вернуться.

— Когда я дома... Нет! — останавливаюсь я, представив эту сцену. — Я тогда в школу не пойду и никого не пущу...

— Ты хорошо знаешь себя, — улыбается мне «бог», так и не объяснивший, что это значит. — Ну-ка, сделай правильный выбор, а я скажу тебе, как защититься от яда.

Мне очень хочется увидеть маму. До истерики хочется, но я понимаю, что выдам всё, а сначала надо обезвредить дом, для чего надо держать себя в руках. Но вот в школе, со Светкой, никто и не подумает, что моя реакция странная, логично? А пока я дойду до дому, хоть немного успокоюсь. Ну, я надеюсь.

Я тяжело вздыхаю, уговаривая себя чуть-чуть потерпеть, и делаю свой выбор.

ГЛАВА СЕМНАДЦАТАЯ

Светка смотрит на меня обречённо. Она думает, что я её сейчас бить буду, но это, конечно, не так. Светка даже представить не может, сколько усилий я прилагаю, чтобы не броситься к ней сейчас. Ведь это — моя Светка! Я всматриваюсь в лицо сестры, однажды, казалось, потерянной для меня навсегда, и не могу поверить, что всё вернулось. И я вернулась, но теперь я — не слепая курица, теперь я всё знаю. Всё-всё! И Старшие Сёстры пожалеют!

В глазах Светки — боль и обречённость, наши классы столпились в ожидании зрелища, но теперь я понимаю, как это выглядит. Перед моими глазами — Агриппина, дядька Савелий, тётя игуменья... Они меня многому научили на самом деле, и, хотя я всё равно не собиралась бить Светку даже в прошлой жизни, теперь я вижу, как это ужасно выглядит, поэтому делаю быстрый шаг к сестрёнке, обнимая её так, как Машка обнимала меня, кажется, вечность назад.

Светка вздрагивает в моих руках, делает движение, как будто хочет освободиться, но я прижимаю её к себе, и она начинает плакать. Просто отчаянно плакать, ведь она потеряла самого дорогого человека! Могла ли я спасти её маму? Нет, наверное, ведь мы прошли тогда с Велесом момент заражения, а обратно идти уже было невозможно, можно было только вперёд. Но хотя бы Светку я должна спасти... Сестрёночка моя, как же мне тебя не хватало в том мире...

— Поплачь, сестрёночка, — глажу я её по голове, совсем так, как недавно гладили меня, и она реагирует точно так же — прижимаясь ко мне.

Светка что-то лепечет сквозь слёзы, но я всё уже знаю. Я знаю, что мама умерла у неё на руках, что Светка поймала последний вздох родного человека, и что это её уничтожило. Поэтому сестрёнка, услышав, как я её назвала, плачет буквально навзрыд, а я смотрю в глаза тем, кто с ней рядом учится, кто видит её каждый день... Я смотрю им в глаза, и они отводят взгляд.

Я ничего не спрашиваю, просто обнимаю Светку, помогаю ей одеться, беру её сумку, уводя домой. Моя сестрёнка всё не может успокоиться, а я думаю о жестокости Старших Сестёр... Вот бы кому расквасить лица, вот бы кого я... Но пока нельзя, потому что я — ничто по сравнению с ними. Через месяц или около того выйдет из строя управление Барьером, но починить они его не смогут из-за яда в управляющей комнате. И тогда они начнут беситься напоследок... Только я не хочу так долго ждать, не хочу видеть боль в глазах младших и бояться нажатия кнопки.

Поэтому сначала нужно успокоить Светку, а затем обезопасить дом. Мне надо быть сильной, хотя хочется бежать домой со всех ног, убедиться, что он стоит, что мамочка жива, что младшие целы. Я хочу бежать, но нужно держаться, потому что рядом Светка, и у нас есть пока немного времени.

Я хорошо запомнила, что мне рассказал Велес. Теперь я знаю, как можно обезопасить ёмкость с ядом в маминой спальне, как я сумею проникнуть в комнату управления, отключить Барьер и подать весточку... папе. Я теперь это умею, потому что Велес что-то сделал, я так и не поняла, что именно, но теперь точно знаю, как именно действовать. Наверное, он меня как-то научил, но как именно, я не понимаю. А ещё он сказал, что мог бы сделать всё сам, но это неправильно, потому что это — наше дело.

Наверное, он прав, мы действительно должны освободиться сами. Я должна спасти мамочку, сестрёнок и всех других, потому что Старшие Сёстры с ума сошли.

Светка ещё всхлипывает, она просто висит на мне, и это вполне понятно, а я иду домой, увлекая её за собой. Меня постепенно охватывает страх — я просто жутко боюсь увидеть пустое пространство вместо дома, и от этого страха даже ноги начинают подрагивать. Но со мной едва идущая, спотыкающаяся Светка, она и сама, наверное, не соображает, что происходит.

Вот и наш дом показывается, я даже шаг ускоряю, почти таща Светку на себе, потому что удержаться невозможно. Дом! Родной мой дом! Он стоит на своём месте, а перед глазами встаёт проплешина на земле вместо него. Немного плывёт всё перед глазами, потому что я, кажется, сейчас сама расплачусь.

— Элька! Элька! Что случилось? — Диана выбегает мне навстречу, я же хватаю её в объятия, не выпуская Светку.

— Это Света, — с трудом сдерживая слёзы, объясняю я. — Теперь это наша сестрёнка.

Дианка, прижатая ко мне, всхлипывает, всё сразу поняв, а я почти вношу обеих в дом и тут только вижу маму. Я не помню, была ли она дома в *тот* раз, но сейчас я вижу маму и бросаюсь к ней, сразу же заплакав. Я вижу, что ни мама, ни сестрёнки не понимают, в чём дело, при этом младшие бросаются к Светке, а я цепляюсь за маму и плачу, плачу просто навзрыд, потому что... Я так долго к ней шла! Я думала, что больше никогда уже не увижу её! И вот...

Мама совершенно не понимает, что произошло, но поднимает меня с пола, куда я опустилась, обнимая её ноги. Она усаживает меня, рядом оказывается и Светка, и младшие. Спустя минуту мы все уже ревём, как маленькие. Младшие просто за компанию, наверное. Но я стараюсь прижать к себе всех: и младших, и Светку, и маму. Я даже, наверное, больно им делаю, но прижимаю к себе и плачу.

— Элька! Элька! Что случилось, маленькая? Что произошло? — расспрашивает меня мама, но я просто ничего не могу сказать. Это мама же! Мама! Живая мамочка!

— Светочка, что произошло? — очень мягко, совсем как Агриппина, спрашивает мама сестрёнку.

— Мама... — шепчет Светка, пытаясь успокоиться.

— У неё умерла мама, — сквозь слёзы произношу я. — На её глазах, мама! А они... А она... А мы...

— Тише, тише, малыши, — обнимает меня самый близкий на свете человек. — Сейчас мы успокоимся, попьём чаю, и вы мне всё расскажете.

Успокоиться получается не сразу. Со Светкой мама, конечно же, всё хорошо и правильно понимает — ведь это же мама. Поэтому, увидев мой жест, она берёт новую сестрёнку за руку, уводя в комнату. Лечить будет, потому что я же показала. А я изо всех сил прижимаю к себе уже однажды потерянных младших, плачу и зацеловываю каждую, приводя их во всё большее недоумение. Такой они меня давным-давно уже не видели.

Вернувшись со Светкой, мама усаживает её рядом со мной и молча обнимает, а я, ощущая её руки, её тепло, чувствую себя так, как будто сейчас выключат свет, но держусь. Я держусь и всеми силами стараюсь успокоиться, но мне совсем не успокаивается как-то. Хорошо, что завтра выходной, потому что я не знаю, как пошла бы в школу, ведь мне нужно сделать много важного и не подставиться под училок, этих зверей в юбках. Нужно успокоиться...

Когда руки перестают дрожать, и я могу пить чай, не разливая его, я задумываюсь о том, что рассказать, а о чём умолчать. Мама очень внимательно смотрит мне в глаза, кивая, а затем переключает внимание на Светку. Она расспрашивает новую сестрёнку о том, что ей нравится, что нет, слушая мои комментарии по ходу дела, отчего мама чему-то улыбается, а новая сестрёнка только удивляется. Но удивляться тут нечему, я же знаю её...

— Мама, давай сестрёнок уложим, а потом поговорим, — предлагаю я, не зная, куда девать руки.

— Хорошо, — кивает она. — Я займусь Светочкой, а ты...

— Да, — улыбаюсь я.

Мама всё-всё понимает с полуслова, ведь это же мама! Младшим помогать готовиться ко сну необязательно, они и сами всё могут, но я всё равно помогаю им, обнимаю, целую и обещаю никогда-никогда больше не бить. Дианка и Маришка ошарашенно переглядываются. Они обнимают меня с обеих сторон, рассказывая, какая я любимая сестрёнка и вообще самая-самая лучшая, а у меня перед глазами проплешина стоит. Страшная, жуткая проплешина на земле вместо нашего дома.

— Ты потом расскажешь? — спрашивает Маришка. — Ну, когда можно будет?

— Расскажу, — обещаю я, укладывая и тихо напевая им, отчего сестрёнки замирают.

Я понимаю, что копирую Агриппину, даже песенка та же, которую она мне пела, но ничего не могу с собой поделать, ведь я их уже один раз потеряла. Больше не хочу терять и всё сделаю, чтобы не случилось того, что может случиться. А для этого надо в первую очередь обезопасить маму, что я сегодня и сделаю. Я теперь многое знаю и, хотя мне очень тяжело осознавать, что нам так долго лгали, я точно смогу всё исправить. Точно-точно смогу!

Сильно удивлённые младшие засыпают, а я смотрю на них и думаю о том, что начинаю понимать Агриппину — детей надо защищать любой ценой. Защищать, спасать, хранить... Я всё-всё сделаю для того, чтобы сохранить их, чтобы они никогда не узнали, каково это — без мамы, чтобы не плакали, чувствуя себя одинокими в мире. Всё, кажется, достаточно разозлилась, пора...

Я выхожу из спальни младших, мама ещё укладывает Светку, а мне нужно подготовиться. Я выхожу во двор, где рядом с крыльцом лежит лопатка, которой младшие иногда играют. Мне нужно выкопать яму, но не очень глубокую, чтобы сделать всё так, как правильно. Ведь нужно очень хорошо обезопаситься, да так, чтобы Старшие Сёстры не поняли. Поэтому я копаю прямо под крыльцом, куда никто обычно не лазит, ну и утром я расскажу младшим сказку, отчего они вообще не будут к этому месту приближаться.

Закончив с ямкой, захожу в дом и вижу вопросительно глядящую на меня маму. Приложив палец к губам, иду на кухню, где у нас перчатки и прозрачные изолирующие пакеты есть. При закладке домов то место, где спрятана ёмкость с ядом, предназначалось совсем для другого, поэтому к ней есть доступ. Я надеваю перчатки, беру пакет и под ошарашенным взглядом молчаливой мамы иду к ней в спальню. Она останавливается в дверях... Ну хорошо, я её останавливаю в дверях, а сама иду туда, где и находится смерть.

Почему-то мама доверяет мне и не говорит ничего. Мне, конечно, страшно, но я знаю, как всё сделать правильно. Даже руки мои знают! Как будто сами они открывают крошечный лючок, залезают внутрь, поворачивая запор — и в руки выпадает яд вместе с кучей проводов. Теперь нужно быть особенно внимательной. Осторожно отделить запал от «капсулы», так называется эта посудина с ядом. Мои руки чуть подрагивают, но осторожно, по миллиметру я отлепляю тонкое стекло от того, что должно его разбить, а затем кладу капсулу в пакет и герметизирую его. Но это не всё, теперь надо сложить всё на место, соединив два сенсора так, чтобы всё работало, как прежде.

Мамочка по-прежнему молчит, хотя она понимает, что это такое в пакете, я вижу это по её наполненным слезами глазам. Поднявшись, я на цыпочках, очень осторожно выхожу из дома, чтобы похоронить капсулу. Засыпав её землёй, я вдыхаю, выдыхаю, беру лопатку в руки... Осталось самое страшное — уничтожить яд. Я знаю, что под слоем земли он не сможет разлететься, чтобы попасть в меня, но всё равно страшно. Тем не менее, воткнув лопатку в землю, я встаю и наступаю на неё, погружая лезвие вглубь. Услышав тихий хруст, отскакиваю в сторону и только затем поднимаю взгляд на уже плачущую маму.

— Элька... — шёпотом спрашивает она меня. — Откуда?

— Я... я... я... — пытаюсь ответить и не могу — меня начинает трясти от перенесённого напряжения. Мама охает и втаскивает меня в дом.

Дома она укладывает меня на диван, обнимая, а я... Я тяну её к себе, чтобы на ухо шепнуть ей имя. И увидев её реакцию, понимаю: всё, что я видела, — правда. И как она меня в ответ обнимает, и какая в её глазах боль, и...

— Расскажи мне всё, доченька! — просит меня мамочка.

Я же послушная девочка? Вот я и начинаю рассказывать. О демонах, о том, что было, точнее, ещё не было, но должно вот-вот случиться. Мамочка слушает, не перебивая, только вздрагивает, когда я рассказываю про проплешину на месте нашего дома, обнимает меня, прижимая к себе. Я прерываюсь, чтобы поплакать, но потом беру себя в руки и рассказываю дальше — и как оказалась в прошлом, о демонах, а потом сразу — о дядьке Савелии, Агриппине и Машке. Я рассказываю о том, как чужие вроде бы люди старались согреть меня, но я всё равно рвалась к мамочке и сестрёнкам.

— Маленькая моя, доченька, — гладит меня мама, прижимая к себе.

А вот затем наступает пора рассказать обо всём том, что я видела в пути. О том, что такое наши дома, как умирают люди, что такое Барьер, ну и о Старших Сёстрах, конечно. А ещё — о Светкиной маме подробно... За что её уничтожили и как именно. Мамочка меня слушает, задавая уточняющие вопросы. Кивает и гладит, гладит... А я плачу и рассказываю. Плачу, потому что не удержаться же.

— Значит, тебя обратно привёл бог, — мягко улыбается мама. — Привёл, потому что без нас ты жить не могла.

— И не хотела, — очень тихо отвечаю я. — Но теперь я должна с папой связаться и всех спасти...

Как-то очень легко выскакивает у меня это слово —

ну, «папа». Так что мама даже улыбается, рассказывая мне о нём. О том, какой он, как он разговаривает, как двигается и как любит нас всех. Казалось бы, как папа может любить, ведь он никогда не видел никого из нас? Но мама говорит, что любит, значит, так оно и есть.

Теперь нужно только немного подождать... А пока можно обнимать мамочку. Господи, мамочка...

ГЛАВА ВОСЕМНАДЦАТАЯ

Я открываю глаза, повернув голову, чтобы увидеть спящую в кровати рядом Светку. Как-то мне кажется, день иначе прошёл, чем в прошлый раз. Но... не помню. Самое главное я сделала — обезопасила мамочку, правда, как спать ложилась, тоже не помню. Мама обещала разобраться с социальщицами и школой самостоятельно, чтобы не мучить и так почти замученную Светку.

Это очень хорошая новость, как и та, что все живы... О том, что мне предстоит, пока думать не хочется, но я точно справлюсь, даже уже знаю, когда. А пока надо вставать, потому что день у нас сегодня выходной... Был ли он выходным в прошлый раз? Не помню, но вставать всё равно надо, иначе младшие наскочат будить сестрёнок.

— Скажи, Элька, — слышу я Светкин голос, только сейчас заметив, что её глаза открыты. — Почему?

— Потому что так правильно, — отвечаю я ей. — И ты моя сестрёнка, поняла?

— Поняла... — шепчет она, всхлипнув. — Я... я...

— Всё хорошо, Свет, — улыбаюсь я ей. — Встаём?

За завтраком я смотрю на младших, синхронно жующих, на улыбающуюся мамочку и немного ещё зажатую Светку, ощущая счастье. Впереди у нас ещё испытания, но мы обязательно справимся, потому что иначе быть не может, а сейчас я любуюсь своей вновь обретённой семьёй. Теперь-то я понимаю, что нам очень сильно не хватает ещё одного человека. Мы с сёстрами дружим, опираясь друг на дружку. А мама... Она за всё в ответе одна, ей не на кого опереться, потому что мы слишком малы. Я прямо физически ощутила, что в нашей семье нет второй опоры, советника и защитника. Того самого, что пробился ко мне в сон сквозь время — папы. Не того, что был демоном, а настоящего... Но придёт время, и он будет с нами, я верю в это.

Нет никаких демонов и не было никогда, а только сошедшие с ума Старшие Сёстры. Вот они точно похожи на демонов. Что ж, рано или поздно это всё равно бы случилось. Но теперь я всё сделаю правильно, и у обезумевших демонок не будет ни одного шанса, потому что я очень хорошо помню, что именно они сделали. Я ничего не забуду, поэтому они поплатятся. За всё!

— Светочка, — очень мягко, напоминая этим Агриппину, произносит мамочка. — Ты будешь учиться в одном классе с Элькой, она тебя защитит, если что.

— Но я... — начинает сестрёнка, а потом оглядывается на меня и робко улыбается. — Спасибо...

— С социальщицами утряслось? — интересуюсь я, хотя отлично понимаю, что ответ положительный.

— Как ждали, — подтверждает мама мои мысли. — Так что всё правильно.

— Что это значит? — не понимает Светка.

— Это значит, что ты — моя доченька теперь, — отвечает ей мама. — Понимаешь?

Светка плачет, она опять плачет, потому что неделю умирала вместе со своей мамой. Она сидела с мамой всё время, ухаживая за ней, хоть и понимала, что это — всё. Она понимала... А в школе её били озверевшие училки за несделанные уроки, доводя чуть ли не до обморока... Её мама умерла под утро, а в школе Светку опять избили, поэтому психика у неё просто уже не выдерживала. А тут я... Ну, вот и всё, она просто, как батюшка говорил — «заякорилась». Какие же твари наши училки!

Младшие уговаривают Светку не плакать, а я переглядываюсь с мамой и только вздыхаю. Мы с ней всё понимаем. Она — потому что долго живёт, а я — потому что опыт и добрые люди. Именно они научили меня быть человеком. Не дрожащей от страха девчонкой, не желающей отомстить непонятно за что, а настоящим человеком. И хотя помогли мне те, у кого с тётей игуменьей отношения не сложились, но все встреченные мной люди чему-то да научили меня, поэтому я просто обнимаю свою плачущую сестрёнку, ну и младших, конечно.

— Маришка, повтори математику, тебя обязательно спросят! — вспоминаю я слёзы младшей. — Дианка, если что — зовёте меня, понятно?

— Да-а-а... — хором тянут очень удивлённые сестрёнки.

— Кстати, о математике, Свет, пойдём, помогу тебе, — я всё, оказывается, помню, удивляя своих сестрёнок.

— Ладно, — кивает мне Светка.

Доев, я обнимаю своих младших, немного ошарашенных таким потоком нежности. Но я не хочу сдерживать свои чувства, потому что это мои сестрички, самые дорогие и близкие люди. Самые-самые. Ну и мамочка, конечно... И теперь мы больше не расстанемся, а мне надо подумать о маске, которая защитит меня в запретной комнате.

Но пока надо позаниматься со Светкой, чтобы ей не попало от абсолютно озверевших училок. Я-то теперь знаю немного больше того, что проходят у нас в школе, потому что в прошлом учились иначе. Мне только вспомнить требования, и всё, а вот Светке надо объяснять с самого начала, ведь математику она боится. Добилась математичка того, что сестрёнке просто страшно видеть все эти цифры и графики. Не тех мы демонами называем, не тех, но ничего, придёт время, и они за всё заплатят, за каждую пролитую слезинку.

Я понимаю, что и мне боли не избежать. Та же историчка обязательно найдёт, к чему прицепиться, но я её радовать не буду. Или это плохая мысль? Если не кричать, может и до отключения света забить, а они связаны со Старшими Сёстрами, и им никто не указ. Жаль, что родители об этом не знают... Очень жаль, но мы что-нибудь придумаем!

Я завожу Светку в комнату, усаживаю её, обнимаю, как меня Машка обнимала, и начинаю очень ласково объяснять то, что мы проходим. Сначала без учебника, просто словами, потом достаю учебник, при виде которого сестрёнка начинает мелко дрожать. Какие же твари наши училки... Я прикрываю обложку тетрадкой, отчего Светка расслабляется, и снова рассказываю. Потом открываю учебную тетрадь и повторяю... Повторяю раз за разом, гладя и хваля Светку за каждый её ответ, видя, как в её глазах появляется понимание. Как уходит страх и приходит понимание — в точности так, как говорил дядька Савелий!

Закончив с математикой, переходим к истории. Точнее, к тому, что здесь выдают за историю. Сначала надо написать «классификацию демонов»... Как трудно, оказывается, писать этот бред, зная правду. Ну да ничего, скоро всё закончится, главное — успеть... Главное, чтобы Старшие Сёстры не переморили всех. И вот тут я задумываюсь — если другого выхода не будет, зато будет возможность, смогу ли я нажать кнопку, чтобы уморить Старших Сестёр?

Я размышляю об этом, вспоминая всё, что они натворили, сколько людей убили безо всякой причины и скольких ещё убьют — ведь не зря же нет у нас сморщенных человечек? Смогу ли я? Вот, допустим, у меня есть прямо сейчас возможность нажать кнопку... Я не знаю... Просто не представляю, как поступлю в таком случае. Остаётся только надежда на то, что подобного выбора мне делать не придётся, не доведётся смотреть на кнопку, могущую решить все проблемы в моём понимании...

У мамы, оказывается, есть и вата, и марля, поэтому я делаю маску, думая о том, как и куда пойду, нужно же это сделать незаметно, хотя, насколько я видела, когда шла с Велесом, Старшие Сёстры уже и сами забыли, где находится комната управления. Это мне на руку, а вот комната связи... Но тут я уже продумала всё.

Мне только на минутку надо оказаться в комнате связи, там есть одна кнопка сбоку. Если её нажать, то папа узнает, что скоро что-то будет, и сможет среагировать. Только отключение Барьера нужно сделать правильно, чтобы перенос домов состоялся тогда, когда все дома будут. А когда все будут дома? Наверное, ночью... Надо маму спросить!

— Мамочка, а когда все дома будут? — интересуюсь я, увидев, что она входит на кухню. — Ночью?

— Ночью будут, — кивает мама, а потом добавляет: — А как же космические станции?

— Нет никаких космических станций, — вздыхаю я, вспоминая то, что видела. — Там комната такая... си-му-ля-цион-ная... Ну, люди приходят, ложатся в такие кресла, а потом как бы засыпают и видят всё это во сне, а на самом деле они никуда не улетают, а остаются в башне.

— То есть сплошная ложь... — мама поджимает губы. — Но зачем?

— Чтобы в демонов верили, — объясняю я. — Каэр двести лет назад сказала, что это будет хорошая мысль, и все заняты, поэтому не будут вопросы задавать, понимаешь?

— Ты сильно повзрослела, дочь, — немного грустно произносит мама, а я обнимаю её.

Я и сама замечаю, что на многое смотрю иначе после всего, что со мной произошло. Ну ещё и пусть с Велесом не прошёл даром, мне просто пришлось повзрослеть, потому что у малышки Эльки просто не выдержала бы голова всего этого. Возможно, «бог» помог мне повзрослеть, ощутить свою ответственность за всех... Возможно, по какой-то другой причине, но я действительно ощущаю себя более понимающей и сильной...

Тут я вспоминаю о том, что в комнате управления всё в яде, но в другом. Тот, который в домах — он разлагается на воздухе, а тот, который в той комнате, — нет. Но воздействует он только через нос и рот, а их закроет плотная маска, которую я сделала. Маме я не говорю, зачем мне маска, хотя она, кажется, догадывается. Это же мама!

Так вот, если нажать на кнопку в комнате связи, то, во-первых, она будет передавать только один сигнал, а во-вторых, заблокируется... Наверное... Хотя я точно не знаю. Но отключить этот сигнал будет нельзя, и папа на той стороне узнает, что нас надо спасать, хотя я надеюсь, что нас просто вместе с домом перенесёт в нормальный мир. Как бы ещё защитить Светку и младших, пока я буду работать... Надо хорошо подумать, очень хорошо подумать надо, потому что это же не так просто всё.

Попробую пойти по плану... Тетя игуменья рассказывала, что сначала надо составить план, а потом уже решать, что за чем делать. Итак, план...

— Элька, ужинать! — зовёт меня мамочка, заставляя подпрыгнуть за столом.

План подождёт, потому что сначала надо покушать. Мамочка же зовёт, надо спешить! Поэтому я спешу в комнату, где уже собралось всё семейство, чтобы ужинать. Вкуснейшие мамины блюда, которых мне так не хватало... Я просто наслаждаюсь запахом, а сейчас буду и вкусом наслаждаться. Я улыбаюсь всем, радуясь тому, что они все здесь, и вижу ответные улыбки.

— Уроки все сделали? — интересуюсь я у младших. — Если что не успели, скажите, я помогу.

— Нет, Элька, мы всё сделали, — почти хором отвечают младшие. — Не волнуйся!

— Математичке завтра в глаза не смотрите, — припоминаю я, за что прилетело Дианке в прошлый раз. — Она завтра злая будет.

— Хорошо... — удивлённо отвечает Маришка. — А почему?

— Нравится ей быть злой, — объясняю я. — А тут целый выходной без криков и слёз, очень ей этого хочется, понимаешь?

— Элька, ты уверена? — подаёт мама голос, с тревогой глядя на меня.

— Их так воспитывают, мама, — вздыхаю я, ловя встревоженный взгляд самого близкого человека. — Так что да, уверена.

Мама опять поджимает губы, но в ней я уверена — она не будет разбираться, да и повторять того, что было в прошлый раз, тоже не будет. Пусть те, кому делать нечего, бегают по директорам и радуют Старших Сестёр своим страхом. Мама берёт отпуск на неделю, потому что он ей, во-первых, положен, а во-вторых, нечего ей быть вне дома, потому что кто знает, какой гадости ждать от сумасшедших. Пусть я не могу защитить совсем всех, но мамочку — точно могу.

Мы ложимся спать... Сначала я укладываю младших, рассказывая им «безопасную» сказку про Красную Шапочку, кажется, даже копируя интонации дядьки Савелия. Они меня слушают так же, как я его когда-то — приоткрыв рот и почти не дыша, ведь сказок у нас почему-то совсем не рассказывают. И вот под сказку мои маленькие засыпают, а я иду готовиться ко сну.

— Ты стала совсем взрослой, доченька, — вздыхает мама. — Значит...

— Не значит, мамочка, — качаю я головой. — Они не успеют!

Она всё понимает, моя мамочка, даже то, чего не знает и не может знать. Всё-всё понимает моя любимая мамочка, поэтому молча смотрит, как я укладываю Светку и ложусь сама, а потом приходит посидеть с нами. Она не знает колыбельных и сказок, но это наша мамочка, поэтому от одного её присутствия мне становится тепло и спокойно. Я закрываю глаза и...

— Здравствуй, маленькая, — говорит мне мужчина, которого я принимала за доброго демона в очках.

— Па-а-апа! — взвизгиваю я, обнимая очень удивлённого папу за шею. — Как хорошо, что ты мне приснился!

— Ты знаешь? — он просто поражён, но продолжает: — Я тебе не совсем снюсь, маленькая. Расскажи мне, что у тебя за проблема?

— Я знаю, как отключить Барьер, — с ходу сообщаю ему. — Он выключится ночью, но как пробраться в комнату связи, я так и не придумала.

— Но комната управления заминирована же? — спрашивает он меня.

— Нет, там яд, но у меня есть перчатки и маска, — объясняю я ему. — Меня научили, на какие кнопки нажать...

— Даже не буду спрашивать, кто, — отвечает мне папа. — Не надо пробираться в комнату связи, утром флот будет приведён в боевую готовность.

— Но как? — удивляюсь я. — Ведь мы же спим?

— И да, и нет, — непонятно отвечает мне тот, кто является моим родителем, я очень хорошо чувствую это сейчас.

Во сне я не слишком могу его рассмотреть — он будто в дымке, но я знаю: скоро придёт час, и я смогу обнять его по-настоящему. Мы ещё долго говорим о том, что будет, как правильно нажимать кнопки, а ещё он расспрашивает о маме и сестрёнках. Я всё-всё рассказываю ему, ведь я знаю, как он любит маму, я же своими глазами видела!

ГЛАВА ДЕВЯТНАДЦАТАЯ

Светка уводит младших домой, а мне нужно сделать то, для чего я пришла. Оба класса — и её бывший, и наш — устраивают активное движение чуть в стороне, привлекая взгляды и отвлекая от меня, но, похоже, моё движение в сторону небольшого сарая в самом углу школьного двора вообще никого не интересует. По папиному совету я внесла кое-какие изменения в маску, поэтому сейчас надо натянуть перчатки, затем маску и достать фонарик, потому что есть ли там свет, я не знаю.

Страшно так, что даже холодно становится, но я всё равно делаю то, что запланировала. Ну, что мы с папой запланировали, конечно. Я обхожу этот сарай, нащупывая его дверь и вспоминая, что советовал папа, если дверь окажется запертой, но она неожиданно оказывается открытой — достаточно только ручку повернуть. Я быстро просачиваюсь внутрь, прикрыв её за собой.

Внутри небольшое пространство и железная дверь. Я знаю, что она здесь, видела же. Справа от неё — панель с кнопками, на них, по идее, цифры, но мне эти цифры видеть незачем, потому что я знаю, в какой очерёдности надо нажимать кнопки. И вот я протягиваю подрагивающую руку, начиная отщёлкивать длинный код. После каждого нажатия я испуганно замираю, потому что, если меня обнаружат... Я даже не представляю, что будет.

Я знаю, что папа — какой-то начальник на той стороне. Он мне сам показал, что может объявить тревогу, поэтому я просто надеюсь, что это был не просто сон. Я очень надеюсь, ведь папа прав — пытаться пробраться в комнату связи... Это неоправданный риск. С последним щелчком кнопки что-то жужжит, и дверь медленно открывается. Теперь всё зависит от того, правильно ли я сделала маску, потому что яд убивает мгновенно.

Света здесь почти нет, потому я нахожу нужный пульт, тускло светящийся красным, почти на ощупь. Нащупываю рычаг, который нужно поднять вверх. В первый момент мне кажется, что он не движется, но я же помню, что говорил тот дядя, который делал пульт: «Даже ребёнок должен быть в состоянии сделать это». Я как раз ребёнок, по-моему. Поэтому я ощупываю рычаг, чтобы найти стопор. А, вот и он!

Теперь надо настроить так, чтобы Барьер отключился через... двенадцать, получается, часов. Это просто, потому что нужно просто нажать кнопку экстренного отключения, потом вот эту синюю и поднятый рычаг опустить до упора. Вот, он опускается, раздаётся громкий щелчок, от которого моё сердце убегает в пятки. Создаётся ощущение, что я сейчас... Но нет, вроде бы держусь.

Загорается зелёный огонёк. Значит, я всё сделала правильно, и надо спешить домой. Я двигаюсь к выходу, молясь про себя, чтобы пронесло. Меня тётя игуменья молиться научила, вот я и молюсь. Выскакиваю за дверь, которая железная, упираюсь в неё своим многострадальным местом и выдыхаю, услышав щелчок. Теперь надо снять перчатки и маску, оставив их здесь. Если кто увидит...

Осторожно выглядываю за дверь... Воображение уже рисует грозную завучку с палкой или историчку с хлыстом. Да, теперь я знаю, как называется то, чем она нас... избивает. Это не наказание, потому что приносит ей удовольствие. Да всем им наши слёзы и крики приносят удовольствие, демонки проклятые... Ну ничего, недолго им осталось. Медленно пролезаю в полуоткрытую дверь и ещё раз осматриваюсь. Вроде бы никого, неужели Господь охранил?

Не в силах сдержать страх, резко срываюсь с места, убегая со ставшего очень страшным школьного двора. Я бегу со всех ног, сердце стучит где-то в горле, а я боюсь услышать окрик за спиной. Но всё вроде бы тихо, ну, кроме шума и криков девчонок двух классов, которых попросила Светка прикрыть нас. Что она им сказала, я и не знаю, да и неважно это уже сейчас. Мне очень нужно домой.

Я бегу, не в силах остановиться, хотя ноги подгибаются и дышать очень трудно, но ужас гонит меня вперёд. Просто очень страшно, страшнее даже, чем тогда, когда я была Алёнкой. Я бегу, не чувствуя ног, и как-то быстро вдруг оказываюсь дома.

Влетев в дверь, я чувствую, что силы оставляют меня, поэтому прижимаюсь спиной к захлопнувшейся двери и судорожно пытаюсь вдохнуть, сползая по ней вниз. Меня просто накрывает паникой, но взгляд фиксирует часы. Всё правильно, Барьер отключится, как папа говорит, в час Быка, когда сон самый крепкий. И тогда, возможно, демонки ничего не успеют сделать. Я очень-очень на это надеюсь.

Метнувшаяся ко мне мама быстро осматривает меня, поднимая с пола. Но мне надо раздеться, ведь на одежде мог остаться яд. Я сбрасываю юбку, блузку и бельё прямо на пол, оставшись в своём натуральном виде. Выскочившие в гостиную сестрёнки сильно удивлены — у нас дома не наказывают, а похоже именно на то, что я подготовилась к наказанию.

— Иди мойся, — вздыхает всё понявшая мама. — Это я уберу сама.

— Только осторожно... — отвечаю я ей. — И младших подготовить надо же.

— Когда? — интересуется она.

— В час Быка, — отвечаю я папиными словами, на что мамочка задумывается на мгновение и кивает затем. — Всё получилось, — добавляю я.

Этой ночью мы узнаем, права ли я, готов ли папа и его Звёздный Флот нас спасти. Но сейчас я отправляюсь мыться, просто на всякий случай, а сестрёнки усаживаются в гостиной. Наверное, ждут подробностей. Но вот у меня сразу же обнаруживается проблема, наверное, я слишком сильно испугалась, поэтому просто сажусь, где стояла, что странно, ведь до ванной дошла же!

— Мама! — зову её. — Сил нет, — жалуюсь я.

— Ты быстро бежала и пугалась? — сразу же интересуется мамочка. — Не нервничай, так бывает. Дай-ка я тебе помогу...

Мамочка моет меня, как маленькую буквально, хотя я великовата уже, да и тяжеловата, но она моет меня, называя героиней и ещё всякими ласковыми словами. От тёплой воды я, кажется, засыпаю, потому что в следующий момент оказываюсь завёрнутой в полотенце на диване рядом с сестрёнками. Они вопросительно смотрят на меня, а я только вздыхаю поначалу, не зная с чего начать.

— Маришка, Дианка, Светка... — начинаю я. — Демонов нет, — с ходу сообщаю им.

— Как так нет? — удивляется Светка, а вот младшие просто молча кивают.

— Я вам расскажу настоящую историю, — продолжаю я свою речь. — Не ту, которую в нас вбивают в школе, а самую настоящую. Готовы?

Конечно, они соглашаются, кто бы не согласился после такого вступления? Мама запирает дверь, проверив её и прикрыв ещё и окна. Она приносит чай, бутерброды, а я вспоминаю бублики и пряники на столе Ягиничны и только вздыхаю. И вот мамочка садится напротив нас, тоже готовая слушать, поэтому я начинаю свой рассказ...

Светка плачет... Горько-горько плачет, потому что я рассказываю о том, почему «заболела» её мама. Мамочка просто приказала мне рассказать всё. Младшие обнимают меня, они чувствуют, что я не обманываю. Светку мы успокаиваем, конечно... Правда, сначала она взрывается, кричит, что всё это неправда, но потом просто плачет.

— Ты... расскажи нам... — необычно серьёзная Маришка смотрит мне прямо в душу, ну, так мне кажется.

— Когда исчез дом, я... Я думала, что всё, жизнь закончилась, — послушно рассказываю я.

Конечно, я тоже плачу, вспоминая, как больно было, когда «готовили к заброске». Это сейчас я знаю, что нас не собирались никуда забрасывать, а в прошлое я попала по совсем другой причине. Нас просто убить хотели, чтобы посмотреть на мучения, потому что Старшие Сёстры сошли с ума. Но я рассказываю и о том, как очнулась, как меня спасали...

Это тогда я думала, что оказалась среди демонов, а сейчас понимаю — это были люди, желавшие меня спасти. И то, что приёмная семья отказалась от меня, тоже моя вина, но я хотела к маме. Я рассказываю о дядьке Савелии, об Агриппине, о батюшке, о бабе Зине... Они меня заставили повзрослеть, научили жить в мире, отучив от страха. Я говорю о Машке, и младшие просто плачут.

— Ты не могла там жить, потому что хотела... к нам, — кивает мамочка. — А если бы мы... если бы нас не было?

— Тогда я бы всё равно была с вами, — твёрдо отвечаю я, и в этот момент оказываюсь в объятиях своих сестрёнок.

Давно уже за полночь, но мы не спим. Я не смогу уснуть, мама тоже, а младшие с нами, ну и Светка, конечно. Я размышляю о том, что гашение Барьера прошло как-то очень спокойно, никто до сих пор ничего не понял, но так ли это? А вдруг ничего не получилось? Вдруг это была ловушка, а утром нас всех убьют? От этих мыслей кружится голова и разгорается знакомая горячая боль в груди. Я понимаю, что здесь мне не поможет никто, а если они всё знают, то моя смерть лёгкой не будет. Вот только так просто я точно не сдамся! Хоть кого-нибудь...

— Значит, у нас будет... ну, свой демон? — интересуется Дианка.

— Это папа, — объясняю я, гладя её. — Он тебя любит, и Маришку любит, и Светку, он — как мама, только папа, понимаешь?

— А ты откуда знаешь? — удивляется Маришка.

И я рассказываю о маме, о папе, о том, как они встречались, как смотрели друг на друга. Я понимаю, что слов у меня никогда не хватит, но всё равно рассказываю, а стрелки бегут по циферблату. Младшие, да и Светка заворожённо слушают, мама от моего рассказа плачет, поэтому мы все обнимаем уже её, а стрелки бегут... Вот минул час ночи, уже остаётся совсем немного времени. Я же не знаю, что случится, когда падёт Барьер. Помню только, что дом исчез не сразу, а чуть погодя, значит... А что это значит?

Даже не представляю себе, что будет, когда отключится Барьер, но на этот раз мы все вместе, и что бы ни случилось, мы встретим это. Я не буду оторвана от мамочки и сестрёнок, ну и к тому же я верю папе. После всего испытанного я ему очень-очень верю, поэтому знаю, что совсем скоро мы сможем его обнять. Это утро будет уже совсем другим, больше не будет боли, страха и психованных Старших Сестёр.

Тихо гудит будильник, а я смотрю на небо, где горят

обе Луны. Вот серп второй Луны начинает мерцать и исчезает, и это значит — Барьера больше нет! И в тот же миг в небе загораются десятки ярких огней, их становится больше и больше, через некоторое время я вижу, что сверху на нашу деревню падают продолговатые предметы, но не пугаюсь. Я видела уже такое, это называется «десантирование». В каждой такой продолговатой штуке сидят люди. Их задача — сделать так, чтобы Старшие Сёстры никого не убили. Так папа сказал, а я ему верю!

Я слышу тихое гудение и понимаю, что начинается именно то, чего я ожидала. Самое главное мне удалось — Барьера больше нет! Значит, всех спасут, и всё будет хорошо. Я слышу первые «вжух!» — как в тот раз, обнимаю сестрёнок, всех, кого достаю, и в этот самый момент дом встряхивает. Становится страшно, взвизгивают младшие, а в следующее мгновение становится светло. Просто очень светло, что необычно на первый взгляд, но затем я понимаю, в чём дело — это прожектора.

— Не паникуйте, вы в безопасности! — доносится до меня специфический голос с металлическими нотками.

К окну я, впрочем, не спешу, потому что — мало ли что, просто глажу сестрёнок, говоря им, что всё на самом деле у нас хорошо, мы в безопасности, и всё плохое закончилось. Младшие жмутся ко мне, мама обнимает нас всех, а за окнами я слышу взвизги, крики и характерный свистящий звук воздушных машин. Я много чего, оказывается, знаю... Спасибо Велесу!

Что происходит, мне, в общем-то, понятно — так называемая «Группа Контакта» нащупывает общий язык с... дикарями. На самом деле мы все здесь, конечно, дикари по сравнению с остальными. Не наша в этом вина, но факт от этого не перестаёт быть фактом. На самом деле мы, конечно, дикари, ничего о современном мире не знающие. Я видела, сколько всего в этом мире умеют даже школьники, поэтому даже не представляю себе, что здешние делать будут. Хорошо, что это — не моя проблема... Или моя? Надо же будет, наверное, помочь нашим найти общий язык с жителями большого мира...

Видимо, в каких-то домах сработали капсулы, потому что до меня доносится пульсирующий звук сирены экстренной помощи. Но этот яд был страшен у нас, а тут он совсем не страшен, потому что на этой стороне люди легко с ним справятся. Главное, чтобы им доверились... Ну, ещё дети могут заболеть от страха, поэтому мне, наверное, нужно идти помогать, разговаривать... Поймут ли меня люди этой стороны?

Негромкий стук в дверь прерывает мои мысли, я вскакиваю с дивана, сразу же среагировав, а мама и сестрёнки только и успевают удивиться, но я-то подозреваю, кто там! Там может быть только один человек. Тот самый, о ком мама плачет ночами, кто пробился в мой сон сквозь время и пространство, кто поддерживал и кто помог спланировать всё так, что я не попалась. Я резко дёргаю дверь на себя, чтобы убедиться в своей правоте. Да! За ней —

он, в синей с серебром униформе Звёздного Флота, усыпанной какими-то значками, в которых я не разбираюсь. Но самое главное — это лицо, эти глаза, полные тревоги, и эта улыбка.

— Па-апа! Папочка! — кричу я, буквально прыгая к нему.

Кажется, мой крик заставляет замереть всё вокруг, а я наконец-то наяву обнимаю моего... папу! Папа пришёл! Папа!

ГЛАВА ДВАДЦАТАЯ

Мама с папой не расцепляют рук, сестрёнки смотрят на них, на меня, кивают друг другу и залезают папе на руки. Светка поначалу дичится, но увидев его улыбку, подаётся к папе. Просто вдруг как-то тоже оказывается у него на руках, сразу же расслабляясь и заливаясь слезами. Мы все плачем и обнимаем его, потому что он такой родной, такой близкий...

— Папа, наверное, мне нужно с Группой Контакта по домам пойти, — с трудом взяв себя в руки, вношу я своё предложение, а папа улыбается.

— Сходим все вместе, — вздыхает он. — Все пойдём и будем говорить с людьми, а вот ты...

— А я что? — удивляюсь, чувствуя рефлекторное желание прикрыть понятно, что, понятно, чем.

— А тебе я сказку расскажу, — произносит тот, кого я

когда-то называла «добрым демоном». — Она передаётся из поколения в поколение в нашей семье.

И папа начинает рассказывать историю о том, как много пережившая девочка искала и нашла себя в новой жизни, как проходила испытания, но всегда была добра к людям. Он рассказывает, а я понимаю, о чём он говорит. Точнее, о ком он говорит, потому что Агриппина же, и Машка ещё... Я начинаю улыбаться своим близким, подавшим весточку через века.

— И каждое поколение знает, что, если мы встретим девочку Эльку, которая не может жить без мамы и сестрёнок, — заканчивает рассказ папа, — ей нужно сказать спасибо. Точнее: «Спасибо, сестрёнка, за всё-всё».

— Вот почему меня в неё затянуло, — понимаю я, вспомнив рассуждения Велеса о родной крови. — И ты смог пробиться ко мне, да?

— Да, доченька, — кивает он. — Ну, а теперь пошли?

Он поднимается на ноги, чтобы отправиться по тем домам, в которые ещё не пришли папы. Есть же те, у кого нет пока детей... Им нужно всё рассказать и показать, потому что всё плохое закончилось, но для тех, кого мы звали человеками, всё только начинается. А ещё же... ой!

— Папа, Старшие Сёстры с ума сошли, их изолировать надо, — сообщаю я отцу, на что тот только грустно улыбается.

— Те, кого ты называешь Старшими Сёстрами, в панике поубивали друг друга, — отвечает мне папа, заставляя меня облегчённо выдохнуть. Хорошо, что не надо будет разбираться ещё и с этими сумасшедшими. — А учительниц ваших задержали, с ними разбираются врачи.

Мы идём по домам, а младшие, как-то моментально принявшие папу, хотя я опасалась другого, засыпают его вопросами. И большинство вопросов о том, что можно, что нельзя, и что за это будет. Маришка и Дианка уже привыкли к мысли о том, что всё меняется, но боли они не хотят, потому сильно удивляются.

В школах на этой стороне Барьера действительно детей не бьют, и дома тоже, потому что это нельзя. Вот совсем нельзя, причём я-то об этом знаю, а младшие — ещё нет, и Светка — нет. Очень уморительно наблюдать за тем, как они осторожничают, расспрашивая. С другой стороны, я ожидала паники, криков, но, похоже, недооценила младших. Со Светкой-то понятно — она ещё в себя не пришла, а вот Маришка с Дианкой... Я их недооценила, как и их веру в нас с мамой. Значит, правильно я думала, будучи Алёнкой — я была плохой сестрой, всё они прекрасно без меня понимают...

Но теперь я точно исправлюсь, а пока надо успокоить людей. И мы идём по возникшим на большой пустоши домам. Стучимся в двери, а оттуда на нас смотрят сначала испуганные, а потом и ошарашенные глаза — «страшный демон» держит в каждой руке по девочке, но не ест их, а наоборот, бережно прижимает к себе. И картина эта —

почти невозможная, отчего и женщины, и дети меня слышат. Слышат то, что я говорю.

— Демонов нет, нас обманули, — примерно такой смысл моей речи.

Очередную ошарашенную девушку прямо вслед за мной принимает Группа Контакта. Вежливо представившись, миловидная женщина, мягко улыбаясь, довольно ласково разговаривает, отчего девушки с нашей стороны успокаиваются. Так мы и ходим по домам...

— А что это за Группа Контакта? — интересуется осмелевшая Светка.

— Это было давным-давно, — нараспев начинаю я рассказывать, улыбаясь. — Когда человечество только начало делать первые шаги в космосе.

— Прелесть ребёнок, — сообщает папа маме, прильнувшей к нему.

— Так вот, — продолжаю я, припоминая ту самую лекцию, которую услышала. — Люди задумались о том, что в пучинах космоса тоже может быть жизнь. И решили создать специальную группу людей, которые будут находить общий язык с инопланетянами.

— А мы — инопланетяне? — удивляется Маришка, на что я вздыхаю.

— Мы — дикари, сестрёнка, — грустно отвечаю ей, — ничего не умеем, ничего не знаем, всего боимся...

— Ну, ты-то не боишься, — хмыкает папа, погладив надувшихся сестрёнок. — Хотя я понимаю, почему. Она только что повторила лекцию, которую я в училище слушал, — объясняет он маме. — Даже интонации в точности скопировала.

— Значит, слышала, — кивает мамочка, — пока шла обратно домой по Дороге Времени...

— Легендарная наша... — ласково произносит папа, потянувшись погладить и меня.

А я просто улыбаюсь. Да, впереди ещё «интеграция», обучение всему, что положено знать, но зато не будет боли. И младшие не будут с таким ужасом смотреть. И не будет больше страха... Ну, и люди будут доживать аж до пятидесяти или даже больше, превращаясь в сморщенные свои версии. На нашей стороне я никогда сморщенных не видела, потому что Старшие Сёстры убивали людей в период от тридцати пяти до сорока лет. Это я тоже уже знаю... Я многое знаю, потому что Велес не стал разбираться, а просто вместе со знанием, как управлять Барьером, вложил мне в голову всё, что должен знать оператор установки, поэтому я теперь умею думать, только...

Всё закончилось, и я хочу быть просто девочкой! Неужели это так много? Я не хочу ни за что отвечать, ни о чём думать... Хочу ходить в школу, может, даже с кем-то познакомиться, хочу, чтобы на меня хоть раз посмотрели так, как папа на маму, и не хочу драться. Папа! Господи, у меня папа есть! Могла ли я такое представить хоть когда-то? Я помню, как боялась опекунов, когда была Леночкой, но их было за что бояться, потому что та фальшивая «мама» — она действительно страшная была!

— Всё закончилось, доченька, — мягко говорит мне мама. — Ты снова можешь быть ребёнком.

Она меня отлично знает, ведь это мама! Самый важный, самый понимающий человек, мама... Поэтому она легко читает мои мысли, скорее всего, просто отражающиеся на моём лице. И от этих её слов я сажусь на корточки и плачу. Всё закончилось...

Возможность быть ребёнком — это, конечно, хорошо, но не всё оказывается так просто. Правильно, дети. Не знающие о людях и современном обществе, отчаянно боящиеся привычных наказаний, с чёткой школьной иерархией, куда мальчики не вписываются... В общем, проблем внезапно оказывается как-то слишком много. Учитывая, что девочки начинают плакать, едва лишь слышат раздражение или строгость в голосе учительницы... А если вдруг в класс входит учитель, то девочки вообще на грани паники. И это действительно проблема, с которой не может справиться и Группа Контакта.

Кроме психологических проблем подтягиваются и бытовые. Люди с нашей стороны действительно дикари, и ничего с этим быстро поделать нельзя. Младшие даже туалетом в школе воспользоваться не могут — он их в тупик ставит. Поэтому нужно обучать с самого начала, ну а так как меня знает вся школа, то...

— Драться плохо! — безапелляционно заявляет какая-то дама.

— Да? Ну тогда любитесь сами, — грубовато заявляю я, внутренне сжавшись.

Проходит неделя, за ней вторая, и зашедшие в тупик педагоги снова приходят к нам. Младших своих, ну и Светку, я в это время учу пользоваться современной техникой — от туалета до кнопки вызова школьного транспорта. Это не так просто для нас, привыкших ходить пешком. А ведь всё новое пугает... Ну и ещё эти местные социальные работники, они совсем не ожидают агрессии и страха, особенно одновременно.

Кстати, мне за грубость ничего не было, хотя я по привычке испугалась своей наглости так, что свет выключился. И когда этой самой даме объяснили, почему я лишилась сознания... Таких больших и круглых глаз я не видела никогда ещё. Правда, когда меня вернули, мама пообещала, но это же мама! Она никогда-никогда не будет, я это очень хорошо знаю.

— Хорошо, — кивает мне подрастерявшая категоричность дама, придя ко мне через две недели. — Что вы предлагаете?

— Да всё просто, — вздыхаю я, озвучивая не раз уже проговоренное дома. — Младшим сначала нужно давать ситуационные игры, ну и пока учить в своей группе. При этом обязательно сообщить, что наказания положены за серьёзные проступки, например, если окно головой разбить, а за уроки, оценки и опоздания — нет. Это их успокоит, а там можно будет объединить классы.

— Младшие — это до скольки? — интересуется дама.

— Лет до десяти, — отвечаю ей я. — Дальше уже начинается травля, ну и, как обычно... Там такое не пройдёт, потому что иерархия.

— Травля? — удивляется она.

— Расскажи ей, доченька, — мягко просит меня мамочка.

Я киваю и начинаю объяснять об иерархии, существовавшей в нашей школе, о том, почему бороться было бессмысленно, о том, как у нас проходили уроки, ну и так далее. Уверенная в себе дама теряет эту самую уверенность буквально на глазах. С каждым моим словом её глаза расширяются, а когда я описываю вполне обычное в нашей школе наказание, на этих глазах выступают слёзы. И вот тут Маришка, будто желая добить тётю, рассказывает, что бывало у младших, если опоздать на урок или, не дай Лунь, задержаться в туалете. Это действительно добивает женщину — она плачет, что заставляет Маришку удивлённо замолчать. Но я обнимаю прильнувших ко мне сестричек и продолжаю свои объяснения:

— Девочки к этому привыкли, понимаете?

Женщина кивает.

— А вы можете нам помочь? — тихо спрашивает она.

И тут я вспоминаю Агриппину, тётю игуменью, бабу Зою... Они никогда не отказывали в помощи. Значит, и я не могу. Не судьба мне побыть просто девочкой, нужно брать на себя ответственность. При этом ещё и учиться, ну или хотя бы сдать экзамены. По идее, я много чего знаю, значит, могу сдать экзамены... А так хотелось войти в Группу Контакта, но, наверное, не получится.

— Эх... — вздыхаю я, принимая решение. — Нужно организовать для меня сдачу курса средней школы, и ещё...

— Ты молодец, доченька, — чувствую я папины объятия.

Даже и не заметила, когда он пришёл. Но сейчас папа обнимает меня сзади, и я, опираясь на него спиной, чувствую уверенность. Наш папа — адмирал Звёздного Флота, ну, почти самый главный, поэтому он очень уверенный и надёжный. И хотя без мамы ему было очень плохо, он не сломался.

Папа поддерживает меня, и я понимаю — я просто должна помочь. Должна встать рядом с Группой Контакта, должна помочь с младшими и старшими, чтобы они стали людьми не только по названию, но и по знаниям, да и по сути самой. Значит, я обязана помочь, понимая теперь, о чём говорила тётя игуменья. Но и папа меня отлично понимает.

— Никто у тебя твою мечту не забирает, — негромко говорит он мне. — Место в Группе Контакта обязательно тебя дождётся.

— Спасибо, папочка, — улыбаюсь я ему, повернув голову.

Та самая дама понимает, что я готова помочь, но, видя целого адмирала, она не решается давить, а вот ему совсем ничто не мешает. Поэтому они начинают беседовать о каких-то квалификациях, дате экзаменов для меня, круге обязанностей, а я хватаю сестрёнок и просто выхожу с ними из дома, чтобы осмотреться.

Дома наши перенесли, чтобы они не были так скучены, поэтому теперь наш дом стоит почти на берегу реки. В отдалении шумит лес, поют птицы, а я вздыхаю. Такая ностальгия в душе поднимается! Я скучаю по Агриппине, Машке, тёте игуменье, да и по всем, кто жил в том скиту, куда меня в очень далёкие года занесла судьба. Скит — так та деревня называлась.

Я присаживаюсь на пенёк и начинаю петь песню, которую пела Агриппина. Закрыв глаза, я пою, и мне кажется, что сам лес подпевает мне. Сестрички держат меня за руки, но я просто пою, как будто хочу дозваться Агриппину сквозь века. Уже почти допев, я вдруг понимаю — кто-то из леса подпевает мне. Поэтому, когда оттуда выходит кто-то, как две капли воды похожий на женщину, ставшую мамой Машке и Алёнке, я даже не удивляюсь, а спокойно заканчиваю песню.

— Агриппина? — тихо спрашиваю я.

— Нет, малышка, — совсем как тогда отвечает мне эта женщина. — И да одновременно. Во мне есть душа близкого тебе человека.

Поначалу я не понимаю, что она имеет в виду, но затем вспоминаю, осознавая, что чудеса не закончились, потому что чудеса на нашей земле, как говорила тётя игуменья, просто не могут закончиться. И вот это понимание дарит мне радость и какое-то внутреннее освобождение. Я чувствую себя очень свободной в этот самый миг, потому что стою на своей земле, вокруг — близкие люди и совсем-совсем нет врагов. В точности так, так дядька Савелий говорил.

ЭПИЛОГ

Экзамены пролетают незаметно. Велес действительно поленился разделять знания и вложил мне в голову все знания оператора, для которого школа обязательна, вот и получилось у меня всё быстро посдавать. Затем у меня недельные курсы, на которых мне рассказывают принципы школы в этом мире. Они отличаются от тех, к которым я привыкла на той стороне, но моя задача сейчас — не учить математике или языку, а совсем другая — избавить хотя бы малышей от страха.

Вечером мы долго тренируемся с младшими, чтобы всё было натуральным, хотя мне это морально тяжело, конечно, но Маришка и Дианка такой игре радуются. Маленькие мои, два чуда, а не дети! По моей просьбе папа привозит даже найденное в школе орудие наказания, к которому приближаться страшно даже мне. В классе тоже воссоздают «антураж», как папа выразился. У нас нет права на ошибку, совсем нет. Девочек из младших классов совсем немного, их в сумме человек тридцать, если собрать всех до десяти лет, но пугает даже не это, а то, с чего мне предстоит начать. Переход должен быть не взрывным, а именно мягким переходом... Ну, пусть мне повезёт!

Тут действительно нужна та, кого знают, а Эльку знают все, потому что за младших я всегда била, невзирая на возраст. Можно сказать, что я достаточно бесстрашная была, а потому и авторитетная. И от того, получится ли у меня завтра, зависит очень многое, потому что, если нет, то придётся подключать врачей, да и то неизвестно, чем закончится.

Наверное, поэтому ночью я сплю очень плохо — мне снится школа. Точнее, завуч, поймавшая меня в комнате управления Барьером, и последовавшее наказание перед всей школой. Самое страшное из возможных наказаний, потому что... И вот мне снится, как меня к нему готовят, как привязывают, как я почти ничего не соображаю от охватившей меня паники, снится свист хлыста и страшная, невыразимая боль, от которой я кричу, кричу, бьюсь в тщетной надежде вырваться... и просыпаюсь в папиных руках.

Первым ко мне успевает папа, потому что Светка пугается моего крика до трясучки, а папа будит и держит на руках, как в том, далёком уже сне. Он гладит меня, успокаивая, пока я тщусь вдохнуть и осознать, что это всё было только сном. Я дышу, как загнанное животное, судорожно цепляясь за папу и не могу произнести ни слова.

— Тише, маленькая, этого нет, это сон, — уговаривает меня папа, но в комнату уже забегают поднятые моим криком младшие.

— Сестрёнке школа приснилась, — со знанием дела говорит Маришка. — Когда нам снится, мы похоже кричим.

— Бедные вы мои малышки... — папа вздыхает, потянувшись, чтобы погладить льнущих к нам младших. — Всё закончилось, больше такого никогда не будет!

— Мы знаем, папочка, — важно кивает Дианка. — Потому что ты нас защитишь, так Элька говорит, а она точно знает, как правильно.

И от этих слов я замираю, прекратив начавшийся было слезоразлив. С такими интонациями в скиту говорили о тёте игуменье, с такими интонациями она сама говорила о Боге. Это значит — мои младшие верят мне так, как никто и никогда. Я не могу их подвести и не подведу!

Утром я, конечно, невыспавшаяся, но нужно идти, потому что там дети, которым очень нужно помочь. И я помогу им, чего бы мне это ни стоило. Улыбнувшись мамочке, прижав к себе всё отлично понявшую Светку, погладив младших, я понимаю, что готова. Я знаю, что легко не будет, да ещё и учителя захотят поприсутствовать, чтобы понять и научиться. Но я действительно готова.

Мы летим в школу все вместе, а вот потом пути наши расходятся. Младшие убегают в специально выделенный для них класс — готовиться к представлению, а я иду в учительскую, где мне нужно будет подождать звонка. Я знакома с учителями, хоть и ожидаю... Насмешек, наверное? Каких-нибудь едких комментариев про яйца и курицу? Не знаю даже...

Я робко вхожу в учительскую, а меня встречают улыбки. Добрые улыбки тех, кто учит таких, как я. Хотя я официально и окончила школу, но себе предпочитаю не лгать.

— Наша юная коллега, — по-доброму, напоминая Агриппину, улыбается мне завуч. — Здравствуйте, здравствуйте, присаживайтесь!

— Очень рад нашему знакомству, — кивает мне учитель, кажется, географии. — Очень рад!

— Здравствуйте, Элеонора, — улыбается мне ещё кто-то, а я чувствую, что сейчас плакать буду.

Я просто не ожидаю такой доброты, такой готовности поддержать, помочь, ведь я же, по сути, выскочка! Я же... ну... А они...

— Тише-тише, — меня обнимает сморщенная, то есть пожилая учительница. — Не надо плакать, моя хорошая. Мы все здесь были на твоём месте, все входили в класс впервые, а у тебя ещё и урок очень важный, так что плакать не будем.

Они просто необыкновенные! Я таких людей... ну, вот они все — как люди в той самой деревне, но они же учителя! Как учителя могут быть... такими?

— Только таким и может быть учитель, — отвечает мне Зоя Павловна, та самая пожилая учительница. — Только таким!

— Ой... Я вслух сказала, да? — щекам становится горячо, но в этот момент звенит звонок, и учителя собираются на урок.

Мне тоже нужно собираться. Взять в руку страшное орудие наказания и идти в класс к детям. Я точно знаю, что никогда не использую эту палку, но, Господи, какая же она страшная... Но это нужно, потому что, если старшие девочки поверят в то, что бить не будут, просто не увидев привычного «антуража», как папа говорит, то младшие будут бояться. Именно поэтому сегодня произойдёт изменение в их жизни.

Помахивая страшной палкой, я вхожу в замерший класс. С громким стуком кладу её на стол и, старательно делая кровожадный вид, оглядываю девочек, отчего все сжимаются, а кто-то даже всхлипывает от страха. Они меня, конечно, знают, но палка для наказаний в моей руке полностью приковывает взгляды, отвлекая от того, кто её держит.

— Ты! — мой палец тычет в Маришку, сразу же начавшую всхлипывать. — Ко мне!

Я полностью копирую знакомую им учительницу, отчего вцепившаяся в поясок юбки сестрёнка уже почти плачет, и от этого мне тревожно на душе — не переиграла ли я? Мне же их не запугать нужно, мне, как папа сказал, «шаблоны сломать» надо. И вот почти плачущая сестрёнка подходит ко мне. Все замирают, в ожидании неизбежного, уже ползёт вверх её юбка. Медленно, очень медленно...

— Ты будешь наказана, — сообщаю я Маришке. Видимо, сестрёнка поверила в мой спектакль, потому что слёзы уже текут по-настоящему, я же вижу. Она уже готовится, но я протягиваю ей леденец на палочке. — Вот твоё наказание.

И все замирают. А я резко, о колено ломаю палку для наказаний. Сначала пополам, потом ещё, а потом резко бью ногой по специальному стулу. Он отлетает в сторону, ударяется о стену и разваливается.

— Наказаний больше не будет! — кричу я. — Никогда, потому что я! Так! Говорю! Вам!

Громкий крик, визг, полный ликования, показывает мне, что я победила. Это моя первая победа, за ней последуют и другие, но именно эта победа запоминается мне на всю жизнь. Счастливые лица младших, своими глазами увидевших, как Элька отменила наказания. Они действительно так и рассказывают родителям: наказания отменила Элька... Но это не так важно, потому что самым важным для меня является другое — больше не будет страха и слёз. Не будет боли, а дети будут учиться, а не бояться — и это для меня самая большая награда за всё, что я пережила.

В школе я проработала уже пять лет. Неожиданно мне это понравилось. Училась, конечно, параллельно на заочном, так что диплом уже имеется. Мне очень нравится работать с детьми, хоть и сама я ещё недалеко ушла от них. Каждый первый урок со старшими девчонками начинался с того, что я ломала палку, чего им оказалось вполне достаточно.

Ну а младшие меня как боготворили, так и боготворят. Уже бывшие младшие, конечно... Самые «танцы» начались, когда классы смешали, то есть мальчиков посадили вместе с девочками. Для мальчиков оказалось внове, что хрупкая девочка бьёт без зазрения совести и очень больно. Конфликтов было... Но мы справились, всё-таки очень хорошие тут учителя, ну и школа — лучшая на континенте.

И вот спустя пять лет мне предложили слетать в экспедицию с Группой Контакта. Это папа подстроил, ну конечно же, он, кому ещё? Поэтому, распрощавшись с младшими, Светкой и родителями, я поднимаюсь по трапу звёздного крейсера «Быстрый». Здесь мне предстоит провести полгода, пока мы не достигнем планеты, на которой вроде бы отмечена жизнь.

Моя первая экспедиция, я прямо попискиваю от восторга, но тихо, чтобы никто ничего не подумал. Грустно, конечно, расставаться с семьёй, но и очень волнительно. Ведь я так хотела, так мечтала об этом, что даже мама улыбается, провожая меня. Потом-то она, конечно, поплачет, но это потом будет, а я обязательно вернусь, потому что — это же мама.

— Экипажу занять места по расписанию, Группе Контакта собраться для инструктажа в кают-компании, — звучит голос в трансляции, стоит мне взойти на борт.

Интересно, где эта кают-компания? Я потерянно оглядываюсь, что замечает член экипажа. Ну, насколько я понимаю, этот высокий статный офицер с пронзительными зелёными глазами — член экипажа. Он что-то говорит, но я не слышу, утонув в этих глазах. Они такие необыкновенные, и он такой... такой.... Как папа почти, просто сущий демон! Он замолкает и вдруг... берёт меня на руки.

С этой самой минуты и начинаемся «мы», хотя в тот момент я этого ещё не понимаю, мне просто очень уютно в его руках. А он прижимает меня к себе, как что-то очень ценное. В кают-компании, конечно, шутят на эту тему, но безобидно. Очень мягко шутят, но мне... Я совсем не реагирую на это, потому что у меня есть теперь Серёжа.

Он так на меня смотрит! Прямо как папа на маму, вот в точности! Или... Или как Велес на Ягиню свою? И я, наверное, так же смотрю...

Полгода пути... За эти полгода мы становимся неразделимы почти. Ну, ему нужно работать, мне тоже, но каждую свободную минутку мы вместе. И узнаем друг друга, и чувствуем, и...

А вот до дальней планеты мы не долетаем, кстати. Обнаруженная «жизнь» оказывается старинным земным роботом, работающим до сих пор, поэтому нас отзывают. Но суммарно всё равно наш путь длится полгода, поэтому, когда мы уже возвращаемся обратно, я слышу те самые слова, что папа когда-то сказал маме, и плачу, конечно...

— Любимая, — говорит мне мой Серёжа. — Мы с тобой знакомы всего полгода, но будто всю жизнь. Я хочу, чтобы ты знала — я люблю тебя. Согласишься ли ты стать моей женой?

— Да! Да! Да! — выкрикиваю я, обнимая его, целуя и рассказывая, как я его люблю просто с первой минуты.

Мне даже кажется, папа заранее знал, что так будет, потому что это же папа! Мы возвращаемся домой, чтобы там навсегда стать семьёй. Мы регистрируем наши отношения, а потом отмечаем это событие весёлой свадьбой, потому что свадьба — это ответственное дело. Вспоминая мамину и папину, я понимаю, что тихо точно не будет. Впрочем, так ли важно, будет тихо или нет. Важно то, что я обрела самого-самого... Можно сказать, что мечта маленькой девочки, с завистью смотревшей на бога и богиню, исполнилась.

Я помню, конечно же, всё и всех, но дороже всех наград для меня улыбки моих учеников. Я вернулась в школу, поняв, что просто не могу жить без звонких детских голосов, задорных улыбок, каверзных вопросов и маленьких побед каждый день. Я знаю — в этом моё призвание, а Серёжа... Он с флота хотел уйти даже, чтобы со мной не расставаться, но папа решил этот вопрос, поэтому Серёжа теперь охраняет планету, командуя орбитальной базой, и я чувствую себя очень защищённой, зная, что мой любимый присматривает за нами сверху.

Мамочка очень радовалась моему счастью, а младшие, да и Светка, такой визг устроили, что я даже оглохла ненадолго. Правда, у Светки у самой уже жених имеется, они в институте познакомились. Так что скоро наших родителей снова ждут свадебные хлопоты. Но это неважно, а важно только, чтобы она была счастлива. Как мама, как я, как младшие... Это же очень важно — быть счастливыми.

Наверное, однажды я напишу книгу воспоминаний о том, каким сложным были мои детство и юность. Мне очень хочется упомянуть и людей, и богов, поблагодарить оставшихся в глубине веков за то, что одна маленькая девочка обрела сначала надежду, затем веру и, наконец, любовь.

И навсегда останется в моей памяти картина в день

исчезнувшего Барьера: мамочка, папочка и мы вчетвером вокруг. Настоящее счастье началось именно там, мне так кажется, хотя мамочка думает совсем иначе, конечно. Она, кстати, нашла Машкины записи... Ну, той Машки, которая предок и одновременно сестрёнка. И вот в тех записях обо мне написано так, что я плачу, когда их читаю...

Удивительно, что моя история началась со смерти забитой девочки, оказавшейся предком папочки... Кстати, получается, моё вселение в Алёнку было предопределено, ведь она выжила именно благодаря этому — для того, чтобы через много-много лет на свет появился папа, а затем и я... Невероятно замкнувшийся круг судеб!

Но на самом деле неважно, было это предопределено или нет, потому что судить нужно по результату. А в результате — мы все счастливы! А ещё — у меня будет много-много детей, чтобы детский смех в нашем доме не смолкал никогда. Я так хочу! Чтобы не было места слезам. Чтобы все были счастливы, как я сейчас! Все-все!

— Элька, Сергей отзвонился, — зовёт меня мамочка, я же откладываю световое перо и спешу к причальной площадке, чтобы встретить самого лучшего и навсегда любимого мужа.

Моё счастье, мой свет, моя жизнь...

СНОСКИ

Пролог

1. Сильная боль может вызвать галлюцинации, особенно у настолько травмированных детей.

Глава первая

1. Элька имеет в виду: «Бьёт — значит, любит».

CONTENTS

Пролог	1
Глава первая	13
Глава вторая	25
Глава третья	37
Глава четвёртая	49
Глава пятая	61
Глава шестая	73
Глава седьмая	85
Глава восьмая	97
Глава девятая	109
Глава десятая	121
Глава одиннадцатая	133
Глава двенадцатая	145
Глава тринадцатая	157
Глава четырнадцатая	169
Глава пятнадцатая	181
Глава шестнадцатая	193
Глава семнадцатая	205
Глава восемнадцатая	217
Глава девятнадцатая	229
Глава двадцатая	241
Эпилог	253
Сноски	265

www.ingramcontent.com/pod-product-compliance
Lightning Source LLC
LaVergne TN
LVHW021331080526
838202LV00003B/132